Von anschmiegsamen, eigenwilligen, klugen und tapferen Katzen, Freigängern und Stubentigern erzählen die hier versammelten und zum Großteil erstmals veröffentlichten Geschichten. Wir begegnen dem alten Kater Hugo, der eines Wintertags ein rothaariges Katzenfräulein mit nach Hause bringt; einer pflichtbewußten Katze, die gleich mehrere Familien glücklich macht; einem naseweisen Kätzchen, das in der Weihnachtszeit allerlei Ungewöhnliches entdeckt; einer Klosterkatze, die Weihnachten zum Fest der Nächstenliebe macht; einem ehestiftenden Katzenpärchen und noch vielen anderen Katzen-Persönlichkeiten.

Unterhaltsame und besinnliche Geschichten für winterliche Stunden zum Lesen und Vorlesen – von Eva Demski, Barbara Bronnen, Erika Pluhar, Karsten Flohr, Detlef Bluhm, Hans-Ulrich Treichel, Nina Bußmann und anderen.

insel taschenbuch 4179

Weihnachtskatzen

# WEIHNACHTSKATZEN

Ausgewählt von Gesine Dammel | Insel Verlag

Umschlagfoto: Lisa Weatherbee/Getty Images

Erste Auflage 2012
insel taschenbuch 4179
Originalausgabe

Quellennachweise zu dieser Ausgabe am Schluß des Bandes
Vertrieb durch den Suhrkamp Taschenbuch Verlag
Umschlaggestaltung: bürosüd, München
Satz: Hümmer GmbH, Waldbüttelbrunn
Druck: CPI – Ebner & Spiegel, Ulm
Printed in Germany
ISBN 978-3-458-35879-4

## INHALT

## EVA DEMSKI | Hugos letzter Winter

Wann er zum erstenmal in meinem Garten aufgetaucht ist, weiß ich nicht mehr. Die Kater und Katzen der Umgebung hatten gemerkt, daß es bei mir meistens was zu fressen gab, und sie schienen es einander mitzuteilen. Den meisten sah man an, daß sie ein gutbürgerliches Zuhause hatten und nur aus Abenteuerlust auswärts essen gingen. Es gab aber auch andere, magere, mißtrauische, bei denen das harte Freigängerleben Spuren hinterlassen hatte. So einer war der dunkel getigerte Kater mit dem düsteren Blick, dem ich irgendwann den Namen Hugo gab. Manchmal ließ er sich monatelang nicht blicken, und ich dachte, das freie Leben hätte ihn zur Strecke gebracht. Wenn er dann doch wiederkam, freute ich mich jedesmal. Er ließ sich aber nicht zähmen, sondern verschlang hastig, was ich ihm hinstellte und ging dann wieder seiner Wege. Eines Tages kam er in kläglichem Zustand, und er schlich, was nie zuvor geschehen war, durch die offene Terrassentür in meine Wohnung. Es ging ihm so schlecht, daß er sich reglos untersuchen ließ – das war nicht Vertrauen, sondern eine Art Kapitulation. Offenbar war er mit einem Hund aneinandergeraten, und ziemlich abgemagert war er auch. Im Nacken hatte er eine böse

Bißwunde und plötzlich, als er mir so nah war, sah ich: Er ist ja alt. Ein alter Kämpe, fast am Ende seiner Kräfte. Ich tat Wasser und mangels anderer Desinfektionsmittel Grappa in eine Schüssel und wusch ihm die Wunde aus. Dann schmierte ich Heilsalbe drauf. Er ließ sich alles gefallen, ruhte auf meiner Couch noch etwas aus, ließ sogar ein rostiges Schnurren hören – es klang, als könnte er sich nur schwach daran erinnern, wie Schnurren geht – zum Schluß fraß er gemächlich eine große Schüssel Futter leer. Von nun an kam er regelmäßig, der Biß verheilte schnell, und der Kater wurde kräftiger. Von der Wunde war unter seinem dicken, gestreiften Pelz nichts mehr zu sehen, und er hatte seinen verwegenen Blick wieder, den Blick der freien Kater. Als es kälter und schließlich Winter wurde, baute ich ihm eine warme Höhle aus Decken und Plastik in einem Gartensessel auf der Terrasse, darin schlief er. Länger als zwei, drei Tage am Stück war er nicht mehr weg. Zweitausendneun, im Frühling, brachte er ein bildhübsches und sehr junges, rothaariges Katzenfräulein mit. Er ließ ihr den Vortritt beim Fressen, weil ich hinschaute. Ich lobte ihn sehr. Das machte er aber nur ein einzigesmal. Von da an waren die beiden unzertrennlich und schliefen innig umarmt auf seinem Gartensessel. Der alte Haudegen und die tizianrote Schönheit waren ein richtiges Renaissancepaar, wie ein alter Doge mit seiner jungen Geliebten.

Wieder kam der Winter, ein sehr kalter, schneereicher Winter. Mir war aufgefallen, daß Hugo nicht mehr über die Zäune kam. Er schaute seinem leichtfüßigen rothaarigen Fräulein hinterdrein und suchte sich andere Wege. In den eisigen Nächten waren die beiden in ihrer Sesselhöhle vergraben, und mehrmals sah ich sie auch unter der Terrasse hervorkommen. Da unten, in einem Hohlraum, vor Schnee und Wind geschützt, stand noch ein uraltes Katzenhaus, das hatten sie wiederentdeckt.

Ich hatte immer Angst um die beiden, aber auch die Kälte konnte ihnen das freie Katzenleben nicht vergällen. Bis eines Morgens, als ich das angewärmte Futter rausstellte, Hugo entschlossen an mir vorbei ins Zimmer ging, Fräulein Fräulein sein ließ und sich mit den Vorderpfoten auf mein Bett hochzog. Wie steif seine Hinterbeine geworden waren! Wir lagen eine Stunde ganz nah beieinander, er schnurrte sein heiseres Liedchen und legte seinen schweren, narbigen Katerkopf in meine Hand. Irgendwann wollte er dann wieder raus, aber so, als sei es seine Pflicht, mit einer Art Ergebenheit. Das wurde für ein gutes Vierteljahr, bis in den Frühling hinein, unser Ritual. Eine Morgenstunde nur für uns beide, ganz nah beieinander, einfach akzeptierend, daß es so ist mit dem Leben und daß die Beine eben irgendwann nicht mehr wollen und die Zähne auch nicht. Früher hätte ich ihn in eine Box gesperrt und zum Tierarzt gebracht, früher, als ich noch glaubte, daß man alles managen kann, auch Alter und Krankheit. Jetzt liebte ich einfach unsere späte Beziehung, war dankbar dafür und fütterte den Kater und seine treue kleine Verlobte mit feinen Sachen. Dennoch wurde er allmählich dünner, das sah ich. Er brauchte länger, um sich auf mein Bett zu ziehen, mochte es aber nicht, wenn ich ihm helfen wollte. Manchmal lag er dann ganz reglos neben mir, ich streichelte ihn und spürte seinen narbigen Körper. Diese Liebe – ja, es war eine – wurde für mich zu einer der merkwürdigsten Erfahrungen von Nähe in meinem ganzen Leben. Für diese eine frühe Stunde, in der noch niemand anrief oder klingelte oder irgend etwas wollte oder forderte, war dieses Tier ganz bei mir und ich bei ihm. Ich sah, wie schön er war, der dunkle alte Freibeuter, und wie hart sein Leben gewesen sein mußte. Es war ein Geschenk, das er mir mit seiner freiwilligen Nähe machte. Manchmal ertappte ich mich dabei, daß ich zu ihm sagte: Bleib doch noch ein bißchen! wenn er sich schwerfällig anschickte, zurück in die Freiheit zu gehen.

Am 7. April 2010 sah ich ihn zum letztenmal. Als er am Morgen darauf nicht kam, wußte ich, daß er nie mehr kommen würde. Dennoch suchten wir ihn, hängten Zettel auf, was man eben so tut.

Ich denke jeden Tag an ihn.

Seine kleine, rothaarige Freundin ist noch hier.

## SARAH MONDEGRIN | Pelzgesicht

Heute Morgen war der Besen auf dem steinernen Boden der überdachten Veranda festgefroren. Ich stand da, mit schneeverkrusteten Winterstiefeln, und zerrte an dem Besen. Ein schwarzes Pelzgesicht beobachtete mich. Nein, nicht ganz schwarz, etwas Weiß um das Mäulchen und strahlende weiße Schnurrbarthaare, die sehr hübsch zu dem Schwarz des Pelzgesichts kontrastieren. Die Katze wirkte – für meine menschliche Wahrnehmung – verblüfft. Wundern sich Katzen? Diese Frage kann wohl niemand mit letzter Sicherheit beantworten.

Die Katze schaute rundgesichtig aus ihrem augenblicklichen Draußen-Lieblingsplatz heraus, einer hellblauen Styroporschachtel, die im letzten Winter bei den Nachbarn für die Igelrettuug benutzt worden war.

Seit Kurzem führe ich ein Computertagebuch, das heißt, ich erzähle mir selbst von den Ereignissen des Tages. Außerdem probiere ich Schriftarten aus. Im Moment benutze ich die Schrift »Zapfino« eine etwas alberne Schreibschrift mit riesig langen Auf- und Abstrichen.

Gestern hat das Nawroth, die weißschwarze Kollegin des Pelzgesichtes, auf mein ausgedrucktes Computer-Tagebuch geniest. Das Nawroth ist überwiegend weiß, mit einigen schwarzen Tupfen unterschiedlicher Größe. Es sind nicht genug, um den Namen Kuhkatze beanspruchen zu können. Sie hat Schnupfen, starken Schnupfen, wirkt aber munter. Sicher nur eine kleine Erkältung, nichts Ernstes.

Zapfino wäre vielleicht ein guter Name für das Pelzgesicht. Wir kennen uns schon seit einem Jahr und noch immer hat sie keinen festen Namen. Am Anfang hieß das Pelzgesicht Silvester, denn ich habe sie am letzten Abend des Jahres aus der Garage unserer Nachbarn befreit. Sie war abgemagert und schmutzig und ihr dunkler Pelz voller Staub. Tagelang habe ich damals die Umgebung mit einem Foto des Findlings tapeziert. Ich wollte sicher sein, dass ihre Menschen eine Chance hatten, sie wiederzubekommen. Doch niemand meldete sich.

Heute Morgen wurde ich von allen drei Katzen aus dem Haus heraus beobachtet, als ich auf der Straße Schnee schaufelte. Silvester ist schwarz, mit weißen Pfötchen, der Kater rot, hochbeinig und hyperaktiv und das Nawroth, die Weiße mit der rosa Nase, ist ein flauschiges Pelzknäuel. Nein, das stimmt natürlich so nicht. Aber das Nawroth ist von allen dreien mit Sicherheit die sanfteste und lässt sich – leider – am schnellsten einschüchtern. Außer, wenn sie beschlossen hat, dass ihre Kuschelzeit angebrochen ist. Dann schnurrt sie in einer erstaunlichen Basstonlage und zieht mit Vorliebe Fäden aus meinen Angorapullovern. Wer Katzen hat, sollte in ihrer Gegenwart auf das Tragen von teuren Pullovern verzichten. Nawroth sondert zurzeit beim Schnurren kleine Tröpfchen aus der Nase ab. Wenn das so weitergeht, ist ein Anruf bei der Tierhomöopathin fällig. Trotz ihrer Tropfnase bringe ich es nicht fertig, das Nawroth von meinem Schoß zu entfernen, und so schreibe ich mein Computertagebuch mit klappernden Tasten, untermalt vom Schnurren einer erkälteten Katze.

Marek, der rote Kater, betrachtet uns missgestimmt. Er thront auf der höchsten Plattform des Kratzbaums. Ihn dort zu streicheln, ist schwierig, denn Marek zieht es vor, mit seiner Pfote nach der zärtlichen Hand zu schlagen. Leider meistens mit ausgefahrenen Krallen, sodass seine Zuneigung schmerzhaft sein kann. Dass es sich um Zuneigung handelt, erkenne ich daran, dass er ebenfalls schnurrt. Marek hat sich selbst zum Boss der kleinen Truppe ernannt und beharrt darauf, dass sein Napf am meisten Futter enthält. Von Silvesters Ankunft in unserem Haushalt war der Kater am wenigsten begeistert.

Manchmal – so wie heute Morgen, als sie mich beim Schneeschaufeln aus dem warmen, hell erleuchteten Haus betrachteten –, wirken die drei sehr einträchtig. Ich kratzte mit meiner Schneeschaufel auf der menschenleeren Straße herum und freute mich über den ländlichen Winter. In der Nacht hatte es kräftig nachgeschneit und die beiden Mülltonnen trugen zwanzig Zentimeter hohe Schneemützen. Ein Stück weiter die Straße herunter schwang eine Nachbarin die Schneeschaufel und winkte mir fröhlich zu.

Nachdem ich den Gehweg und die halbe Straße geräumt hatte, begann ich für die Katzen einen Weg durch den Garten freizuschaufeln. Den Zugang zu den Vogelhäuschen sparte ich aus, obwohl ich wusste, dass das nicht viel nutzen würde. Macht es eigentlich Sinn, Wege für die Katzen vom hohen Schnee zu befreien, wenn sie – scheinbar ohne Mühe – überall dorthin spazieren, wo sie es interessant finden?

Ich verteilte kleingeschnittene Nüsse und Sonnenblumenkerne in den Vogelhäuschen. Jemand hatte mir gesagt, dass Vögel verhungern, wenn man einmal begonnen hat, sie regelmäßig zu füttern, und dies nicht beibehält. Das Risiko möchte ich keinesfalls eingehen. In einem Katzenhaushalt mit »Freigängern« sind tote Vögel ja leider keine Seltenheit. Der Kater schleppte im Sommer einmal eine riesige Taube an meinem Liegestuhl vorbei. Und das Pelzgesicht hatte eine Zeit lang die Angewohnheit, mir zum Wachwerden lebende Mäuse ins Bett zu bringen. Der Winter, die ruhigere Jahreszeit, bietet manche Vorteile.

Ich fegte zum Schluss noch einmal über die Eingangstreppe, stieg aus meinen Stiefeln, schlüpfte in die Hausschuhe und zog die schneebedeckten Handschuhe aus.

Der Kater stürmte auf mich zu und bringt mich beinahe zu Fall, Die Frühstücksfütterung ist überfällig. Seine Begeisterung würde keine Grenzen kennen, wenn ich ihm ein paar lebende Mäuse servieren würde. Stattdessen benutze ich die von mir so genannte »Brekkies-Fernsteuerung« und werfe ihm etwas Trockenfutter die Treppe hoch. Damit ist er erst mal eine Weile beschäftigt. Ich ziehe es vor, das Katzenfutter auf drei Näpfe zu verteilen, ohne dass mich quiekende, schnurrende Katzen zu Fall bringen. Also schließe ich die Küchentür hinter mir und öffne die Futterdose. Das Nawroth hat schon auf der Fensterbank gewartet und beobachtet mich still. Sie ist – erwähnte ich das schon? – die Zurückhaltendste der drei.

Plötzlich fliegt die Katzenklappe mit einem Knall auf und das Pelzgesicht trabt herein. Es stößt einen begeisterten Fress-Schrei aus, den es nur ertönen lässt, wenn der Geruch von frischem Futter in seine rosa Nase steigt. Am Anfang unserer Bekanntschaft bestand diese Katze darauf, an meinen Beinen hochzuklettern, sobald ich nur den Gedanken fasste, eine Dose mit Katzenfutter vom Regal zu holen. Die Brekkies-Fernsteuerung versagt als Gegenmittel beim Pelzgesicht. Silvester gehört zu den wenigen Katzen, denen der Klang von Trockenfutter auf den Holzdielen gleichgültig ist. Bei einem Löffelchen Joghurt sieht das schon anders aus. So bestehen Silvesters Mahlzeiten häufig aus zwei Gängen. Erst das Joghurt, um sie vom Verteilen des Futters abzulenken, dann ein Napf mit Feuchtfutter. Einige Mitglieder dieses Haushaltes sind der festen Überzeugung, dass Silvester im weitläufigen Radius des Hauses noch weitere Futterquellen anzapft. Oft ist die Katze warm, wenn sie in die Küche zurückspaziert. Wir vermuten, dass ihr noch andere Öfen zum Davorkuscheln bereitwillig angeboten werden.

Drei hungrige Katzen so zu füttern, dass keine das Nachsehen hat, ist keine einfache Aufgabe. Früher hatte ich die falsche Technik. Während das Nawroth und Silvester noch nach Katzenart den Inhalt ihrer Schälchen beschnupperten, hatte der rote, hyperaktive Marek sein Futter schon eingeatmet und befand sich bereits auf der Suche nach Alternativen. Vielleicht hält er sich ja für einen Hund. Ein Hund, gefangen im Körper eines Katers, Marek wäre als Hund wahrscheinlich ein nervöser, besitzergreifender Podenko mit kurzgelocktem, weichem, rotblondem Fell. Dass Hunde sich für Katzen halten und umgekehrt, kommt, glaube ich, wahrscheinlich öfter vor als angenommen. Es ist Zeit, dass die Forschung sich diesem Thema einmal zuwendet!

Der Kater würde einen guten Wachhund abgeben.

Im Sommer wird man jedenfalls immer von einem kleinen rotbefellten Bodyguard eskortiert, wenn man im Garten nach dem Reifungsgrad der Zucchini schaut.

Silvester legte im letzten Sommer größeren Wert darauf, ihr Schlafdefizit auszugleichen. Glückselig lag sie tagelang auf ihrem Lieblingsplatz im Schaukelstuhl unter dem Birnbaum. Kaum zu glauben, wie ausgehungert und in schlechter körperlicher Verfassung sie früher war. Zu gern wüsste ich, was sich damals in ihrem Leben ereignet hat. Doch ich werde es nie erfahren. Das Pelzgesicht wird mit seinem Geheimnis leben müssen.

Der Kater kratzt empört an der Küchentür. Die Brekkies auf der Treppe sind vertilgt und er hat genau gemerkt, dass hier etwas weit Interessanteres geschieht. Ich stelle dem Pelzgesicht einen Napf mit der Vorspeise, Naturjoghurt aus dem Bioladen, auf den Boden,

Ich öffne die Tür und Kater rast auf die Näpfe zu. Das Nawroth springt entschlossen von der Fensterbank und nähert sich ebenfalls im zügigen Pfotenschritt. Mein Blick wandert wieder zu Silvester, die glücklich ihren Joghurt verputzt. Sie ist inzwischen zu einer rundlichen Schönheit geworden. Ihr schwarzes Fell glänzt prächtig. Ich bin froh, dass ich sie damals in der Garage gefunden habe – und die Menschen, die sich nicht gut genug um sie gekümmert haben, haben so ein wunderschönes Tier einfach nicht verdient.

Bedauerlicherweise macht mich der Umgang mit Katzen zuweilen zu einer Moralistin.

Die Katzen gleichen dies gern mit einer erfreulichen Skrupellosigkeit aus. Für einen Moment habe ich nicht aufgepasst und Marek macht sich gleich über den Napf der verschnupften Kollegin Nawroth her. Bei all meinen Erinnerungen an das Pelzgesicht habe ich mal wieder vergessen, den Kater separat zu füttern.

## NINA BUSSMANN | Zum Stillen der Jagdbedürfnisse

Eine Kiste in Katzengröße, in der Mitte des Raumes aufgestellt. Bald wird er sich dafür interessieren und mit einem Satz hinein springen, wird mit gestreckten Pfoten und aufgestellten Ohren über den Kistensaum schauen, vielleicht in der Hoffnung, dass ich die am Kistenrand befestigte Kordel in die Hand nehme und ihn in seiner Kiste im Kreis über das Parkett ziehe. Es liegt alles bereit.

Ich zeige ihn niemandem. Er ist noch zu scheu. Oft weiß ich ja selbst nicht, wo er steckt. Auch meine Freundin, die nun schon seit Tagen bei mir wohnt und nicht gehen will, hat ihn anfangs nicht zu Gesicht bekommen, nichts gerochen, sie hat ihn nicht einmal gehört. Es gibt ihn gar nicht, du versteckst etwas ganz anderes in diesem Zimmer, sagte sie zu mir und lachte laut heraus, und ich riss mich zusammen und lachte mit ihr, nicht ohne auf seinen blankgeleckten Napf zu zeigen, auf die Kratzspuren an den Tapeten im Flur, Haare, die aufflogen, als ich auf ein Sitzkissen klopfte. Sie ist meine Freundin, eine meiner ältesten Freundinnen, seit der Schule kennen wir uns, aber sie ist nun einmal zu laut für ihn, selbst wenn sie nicht spricht, ist sie zu laut. Er ist zu scheu, und er gehört mir nicht, er gehört wieder anderen Freunden, eine komplizierte Geschichte; ich könnte mir nicht verzeihen, wenn etwas passierte. Einmal werden Elisa und Jonas kommen und ihn mitnehmen, wenn das Kind erst alt genug ist, werden sie ihn wieder bei sich haben wollen. Es sind auf Ordnung bedachte Tiere, er erträgt nicht, wenn jemand kommt und alles durcheinander bringt. Ich habe Elisa versprochen, vorerst keinen Besuch in die Wohnung zu lassen, zumindest, bis er sich eingelebt und etwas Vertrauen gefasst hat, ich weiß, wie sie von jeher an ihm hängt.

Noch anderes habe ich einzuhalten, eine ganze Reihe weiterer Regeln, die sie mir am Telefon aufgesagt hatte, bevor sie ihn brachten. Jonas, der ihn in einer Weidenhöhle mit vergitterter Öffnung zu mir hinauftrug, gab mir einen Zettel, auf dem alles notiert war: Auf keinen Fall Trocken-, möglichst auch kein Dosenfutter, doch um Himmels willen kein Trockenfutter, es dehydriert den Organismus. Am besten, sagte Jonas, du kochst ihm weichen Reis und frisches Fleisch, nur niemals Schwein, weder roh noch gegart, besser Huhn und noch besser entgräteten Fisch, nur keinen Thunfisch, davon wird er süchtig.

Unterdessen wartete Elisa beim Auto, weil sie ihre Tochter nicht allein lassen konnte, nicht für fünf Minuten konnte sie mit zu mir in die Wohnung kommen und schickte stattdessen ihn, es sei ein solcher Aufwand, das Kind aus seinem Kindersitz herauszunehmen und wieder in diesen Kindersitz hineinzusetzen, erklärte er mir. Ohnehin seien Abschiede kurz zu halten. Jonas stellte die Weidenhöhle vor meine Füße, warnte mich, sie noch nicht zu öffnen, während er zum Auto zurück lief, um das restliche Zubehör zu holen: Eine Plastikwanne, ein angebrochener Sack Streu, eine Kratzmatte in Gestalt einer Katze und einen bis an den Rand mit Spielzeug gefüllten Pappkarton. Eine Maus aus Filz schaute heraus, an einer Spirale aus Draht befestigt, die bei geringsten Stößen, bei jedem von Jonas' Schritten hin und her wippte. Zuvor war vom Alter des Tiers die Rede gewesen, einem Kater, der sich vor der Heftigkeit des Kindes erschreckte und nicht mehr gut sah. Ich wusste selbst noch, wie Elisa ihn damals an sich genommen hatte, von den Straßen Tangiers, wo er gebettelt, gestohlen und gejagt haben musste, von Müll gelebt, von Ratten und Vögeln, wo seinesgleichen im Herbst mit Öl übergossen, verstümmelt oder vergiftet wird, ohne dass es einen Menschen kümmert. Das passte nicht zu dieser Kiste voll Federwedeln, Sisalrasseln und Pompons, die ich Jonas aus den Händen nahm, vorsichtig, doch ungeschickt, so dass gleich mehrere Bälle herausfielen, bunte, mit Noppen besetzte Bälle in wilden Sätzen die Treppe hinabsprangen. Dafür interessiert er sich, fragte ich, plötzlich entschlossen, seine Würde zu verteidigen, indes Jonas den Bällen nachsetzte. Damit spielt er, fragte ich, alles, was rollt und springt, ist für ihn interessant, sagte Jonas, plötzlich müde geworden, gereizt, als hätte er mir nun genug erklärt.

Die Härchen am Pelz ihrer Kapuze bebten um Elisas Gesicht, als sie, an die offene Wagentür gelehnt, zu meinem Fenster hinauf blinzelte, rufend und in Gesten erklärte, ich solle bloß vorsichtig sein mit den Fenstern, die Drähte, die ich gespannt hatte, reichten nicht hoch genug, ich würde ein richtiges Katzennetz brauchen. Ich winkte ihnen nach, bis das Auto aus der Sicht war. Dann erst lief ich zurück in den Flur, wo selbst mittags nicht viel Licht hin dringt, beugte mich vor die Weidenhöhle und löste die Schnallen, an denen das Gitter vor der Öffnung befestigt war. Das ist keine drei Wochen her, mehrmals ist er inzwischen verschwunden, jedes Mal ist er wieder aufgetaucht, schon bevor meine Freundin mit ihrem Koffer vor der Tür stand, habe ich ihn tagelang vermisst und nur eine Ahnung gehabt, dass er wahrscheinlich hinter einem Heizkörper hockt, unter dem Bett, vielleicht in dem Spalt zwischen Eisschrank und Küchenbuffet, weil er die Hitze des Geräts liebt, das Beben und Brummen, wenn die Kühlung anspringt. Gesucht habe ich ihn nicht, mich gesorgt, das ja, aber das tue ich sowieso, ich kann nicht anders, als mich zu sorgen, ist er verschwunden, sorge ich mich, und ist er da, sorge ich mich erst recht, wenn er hinausrennt auf den Balkon, um seine Vorderpfoten auf das Geländer zu stellen, durch die Maschen des Netzes die Flugzeuge ins Visier nimmt mit seinen schlitzengen Pupillen, wenn sie durch die tiefhängende Wolkendecke brechen und sich zum Landeanflug senken über der nassen Stadt.

Sie ist meine älteste Freundin, niemals hätte ich sie abweisen können, als sie mich anrief und wenig später mit ihrem Rollkoffer vor meiner Tür stand, dunkle Wasserflecken an ihren Kunstfellstiefelchen, in einer Regenhaut aus durchscheinendem Rosa, die spitze Kapuze über dem Kopf, dass sie wie ein großer Märchenzwerg aussah. Das Haar klebte an ihrer Stirn, als sie mich umarmte, ihre Wangen an meine drückte, dass auch mein Gesicht feucht wurde, als sie ihre Stiefelchen von den Füßen stieß und ohne einmal Atem zu holen zu erzählen anfing, ohne dass ich den Kater auch bloß erwähnen konnte, erzählte sie, was ihr passiert war.

Eine Freundin, der es nicht gut geht, sagte ich meiner Mutter, als diese anrief und sich nach meinen Plänen für die Feiertage erkundigte. Wahrscheinlich hätte es all meine Erklärungen gar nicht gebraucht, die ganze unglückliche Geschichte. Die plötzliche Trennung, ihre über drei Erdteile verzweigte Familie. Vom einen auf den anderen Tag aus, erzählte ich, aus heiterem Himmel hat er ihr gesagt, dass er keine Zukunft sieht. Meine Mutter kennt meine Freundinnen nicht, und so sagte sie nichts, wahrscheinlich, wie ich mittlerweile denke, macht es in ihren Augen keinen Unterschied, ob ich einen Artikel schreiben, einen Artikel lesen, eine Frist einhalten, mich um eine Freundin oder die Katze einer anderen Freundin kümmern muss. Sie sagt es nicht laut, doch ich weiß, was sie im Stillen denkt, dass ich zu nichts davon ernstlich verpflichtet bin, dass ich mich mit diesen Verpflichtungen nur wichtigmachen will. Abgesehen davon, dass es meiner Freundin gar nicht schlecht zu gehen scheint, meine Freundin ist, trotz allem, längst wieder bester Laune.

Wenn du viel zu tun hast, meinte meine Mutter nur, gut, wenn du andere Pläne hast. Ich würde rechtzeitig Bescheid geben, sollte sich etwas ändern, versprach ich, und setzte mir selbst eine Entscheidungsfrist, die inzwischen verstrichen ist, inzwischen rechnen sie wohl nicht mehr mit mir, obwohl es noch nicht zu spät wäre, noch könnte ich einen Zug bekommen und wäre in zwei Stunden, also noch vor dem Abendessen da, während meine Freundin nach dem Kater sähe, es gern täte, wie sie mir schon mehrfach versichert hat. Sie würde sich nicht verabreden, sie würde nach ihrem letzten Termin um achtzehn Uhr heimkehren, ihm frisches Wasser hinstellen, seinen Reis und seinen Fisch.

Aber das geht nicht. Und sowieso hatte ich vor, den Schwung zu nutzen, der sich gerade dann einstellen kann, wenn nicht gearbeitet werden soll, ich kenne einige, die jedes Jahr, wenn es ringsum glitzert und blinkt, ihre Vorhänge zuziehen, sie vermissen nichts, endlich haben sie ihre Ruhe. Sie verweigern sich dem Befehl des Feiertags, sie erwarten, fürchten und lieben nichts mehr an diesem Tag, wie die Redakteurin, der ich heute Morgen geschrieben habe, nur um zu sehen, ob ich eine Abwesenheitsnotiz bekommen würde oder eine Antwort, tatsächlich erhielt ich beides, kurz nacheinander. So arg brenne es nicht, schrieb sie, aber ich weiß selbst, dass ich mich mit der Broschüre besser dranhalten sollte. Meine Freundin wird mich nicht daran hindern, sie würde sich, das hat sie mehrfach versichert, um die Katze kümmern, sollte ich zu meinen Eltern fahren, und sollte ich nicht fahren und stattdessen etwas arbeiten wollen, hätte ich ebenfalls ihr Verständnis. Wir könnten noch etwas zusammensitzen, wenn sie kommt, wir könnten einen Wein öffnen und ihre Zigaretten rauchen, sie in ihrem Morgenmantel, barfuß, ein Handtuch um den Kopf gewickelt, wie sie jeden Abend an meinem Tisch sitzt, während ihr Hosenanzug über der bis an den Rand gefüllten Wanne hängt, damit der Wasserdampf den Stoff glättet.

Wenigstens etwas Kleines sollte sie bekommen, wie ich noch heute Mittag dachte, in der Drogerie stehend, irgendein Zeichen, dass ich ihr zugetan bin, dass ich alles, was ich gestern gesagt, nicht so gemeint habe, aber ich kaufte am Ende nur deshalb etwas, weil ich schon zu lang vor dem Regal gestanden hatte. Ich habe es in ein Papier gewickelt und auf ihr Kissen gelegt, auf ihre Seite des Bettes, damit sie es, selbst wenn sie noch jemanden trifft und spät nach Hause kommt, findet.

Ich solle mir keine Gedanken machen, sagte sie zu mir, nachdem sie sich mein Muttergespräch zu Ende angehört hatte, ich solle einmal tun, wozu ich Lust hätte, zur Not würde sie lernen, wie man ihm den Reis kochen und den Fisch entgräten muss, falls sie sich in der Tat solche Sorgen machten, meine Freunde. Ich weiß, was sie über die ganze Sache denkt. All der Aufwand für ein Straßenvieh, das sich zum Dank nicht einmal zeigt. Auch ich zweifle, ob er Elisa noch sehr am Herzen liegt. Ob er mit ihr freundlicher war. Mit dem Kind. Es ist ein Mädchen. Ein wenig zu blass, mit schwarzen, schweren Wimpern, gemessen in seinen Bewegungen, unmöglich zu sagen, ob es etwas an sich hält oder gar keinen Übermut in sich hat. Immer sehe ich es in schottisch karierten Kleidern. Zum Beispiel, als es bei Elisas letzter Produktion vierzig Minuten in der zweiten Reihe saß, ein Pferd aus Stoff unter den Arm geklemmt, in eine Zeitschrift vertieft. Ich konnte von meinem Platz aus sehen, wie Jonas es am Arm fasste, als Elisa kurz auf der Bühne erschien. Erst nachdem es ein Eselsohr in sein Heft geknickt hatte, blickte es auf und schaute zu, wie Elisa, längst so mager wie vor der Geburt, in einem Kittelkleid mit breiten Trägern über eine in der Mitte der Bühne aufgestellte Tafel robbte, eine schmale, mit weißem Tischtuch bedeckte Tafel, zwischen den Sitzenden hindurch, die künstliche Zigaretten rauchten und sich durch nichts in ihrer Unterhaltung stören ließen, als wäre Elisa gar nicht vorhanden, wie sie sich beharrlich auf Ellbogen und Beckenknochen vorwärts schob. Es war schon die letzte Szene. Ruhig wartete das Mädchen den Vorhang ab, als der Applaus begann, fing es an, in seine Hände zu klatschen. Natürlich sind es oft gerade diese Kinder, in denen Dunkles brodelt, es zeigt sich in ihren Zeichnungen oder wenn sie Schnecken mit der Schere zerteilen, Karpfen im Teich mit Stöcken piesacken oder eine halbblinde Katze zur Weißglut treiben. Etwas in dieser Art. Ich weiß selbst nicht, wie es hier verlaufen ist, ich kann mir nichts unter den Andeutungen vorstellen, die Elisa machte, als sie mich anrief, fragte, ob ich ihn für eine Zeitlang nehmen könnte, offenbar, weil sie meinte, ich sei die Richtige.

Ich weiß nicht, liegt es an mir, liegt es an ihm, dass wir nicht zärtlicher miteinander werden. Selbst in Krankenhäusern werden Tiere inzwischen eingesetzt, weil sich der Herzschlag beruhigt, wenn man sie streichelt, selbst die Synapsen von Komapatienten reagieren. An all das habe ich nicht gedacht, als Elisa mich anrief, weil sie nicht mehr weiter wussten, weil er es ruhiger brauchte, weil er nicht mehr gut sah und es mit dem Kind Schwierigkeiten gab. Ich habe nicht weiter nach Umständen und Gründen gefragt, ich habe mich nicht einmal nach meinen eigenen Gründen gefragt, sondern fast ohne nachzudenken ja gesagt, das sieht mir nicht ähnlich, und vielleicht allein deshalb habe ich ihn sofort zu mir nehmen wollen, weil es mich freute, dass sie sich gerade an mich erinnert hatte und nicht vielmehr an jemand anderen, dass sie und offenbar auch Jonas meinten, ich eignete mich. Erst später fragte ich mich, ob sie nicht in Wirklichkeit dachten, es könne mir helfen, wenn ich auch etwas zum Kümmern hätte, ich höre Jonas, wie er »fokussieren« sagt, und es gefällt mir nicht besonders.

Jetzt aber will ich ihn, ich will ihn behalten. Auch wenn er nicht freundlich ist, will ich ihn, auch wenn er sich niemals schmeichelnd an meine Schenkel schmiegt, sondern in einem seiner Winkel lauert, lauert oder ganz und gar mit sich beschäftigt ist. Wenn er an den Tapeten, den Möbeln, die mir nicht gehören, seine Krallen wetzt, anstatt die Kratzmatte zu benutzen, die ich an der Wand angebracht und wieder abgenommen habe, als ich merkte, wie er sie mied, eine

Katze mit einem Bauch aus Sisal und einem Restkörper aus Plüsch.

Ich will ihn nicht aufspüren in seinen Verstecken, in seine Ritzen und Höhlen greifen, man muss sich nicht auskennen, um zu wissen, dass das keine gute Idee wäre. Es braucht Geduld, nichts weiter, wie ich mir sagen muss, das Gras, sage ich zu meiner Freundin, wächst nicht schneller, wenn man daran zieht. Nichts Neues, was ich in den Foren gelernt habe, ich hätte vorher wissen können, dass man vom Lesen nur dümmer und schlechter wird. Eifernde Debatten über die Wünsche der Tiere, ihre Triebe und Bedürfnisse, teils in ihrem Namen verfasste Beiträge, sie schildern ihr Elend, dass es einem ans Herz gehen muss.

Anscheinend verlässt Elisa sich darauf, dass ich ihn schon richtig behandeln werde, und ich will sie nicht enttäuschen. Er hat schon seine Lieblingsplätze, erzählte ich ihr, als ich sie in den ersten Tagen noch einige Male anrief, weil ich annahm, dass sie sich sorgte und vielleicht zu Besuch kommen wolle, um sich zu vergewissern, dass er es gut bei mir hat. Doch sie meinte nur, es würde ihn zu sehr verwirren, wir sollten mit einem Besuch noch etwas warten. Es ist vielleicht falsch, aber mit Schwierigkeiten möchte ich ihr nicht kommen, ich weiß, dass sie genug um die Ohren hat. Zumindest hatte ihre Stimme, wenn ich anrief, einen zerstreuten und abwesenden Klang, selbst wenn es wichtig war, wie das eine Mal, als ich sie fragte, wie ich ihm die Krallen schneiden solle, wenn keiner ihn für mich festhält.

Ich habe meiner Freundin erklärt, dass er sich erst eingewöhnen muss und lange falsch behandelt worden ist, doch das kann sie nur mit dem Kopf verstehen, bestenfalls. Sie ist nicht besonders zärtlich mit Tieren, ist es nie gewesen, ich weiß nicht, was in ihr vorgeht, wenn sie ihn, Kosenamen rufend, zu locken versucht. Ob sie mir nur etwas zeigen möchte. Wir kommen bestens miteinander aus, lachte sie gestern erst, als ich sie abends in ihrem Morgenmantel an meinem Tisch in der Küche antraf, vor sich die aufgeklappte Styroporschachtel mit dem Brathähnchen, das sie sich auf dem Heimweg gekauft und bis auf einen einzigen abgenagten Flügel nicht angerührt hatte, weil es, während sie duschte, kalt geworden war. Mit angezogenen Beinen, ein Handtuch um den Kopf gewickelt, saß sie vor der Schachtel und fütterte ihn. Er fraß vom Schenkel, den sie ihm hinhielt, er fraß ihr aus der Hand. Vorsichtig zupfte er das fahlglänzende, in zarten Fetzen hängende Fleisch von den Knöchelchen, die Hinterläufe angewinkelt, Kopf geduckt, nickend kaute er, während sie sich mit ihm vor den ausgeweideten Vogelrumpf beugte, ihr Gesicht seinem zu neigte, bis das um ihren Kopf gewickelte Tuch sich langsam löste, was ihn erschreckte, oder es war etwas anderes, das nur er wahrnahm, ich habe nur das Zucken gesehen, eine einzige, fahrige Bewegung, ein Riss mitten hinein in die sorgsam gebaute Küchenszene.

Siehst du, rief sie, es stimmt, was man sagt, falsch und verschlagen, rief sie, sich die Wange haltend. Er war entwischt, den angebissenen Schenkel zwischen den Zähnen, war er vom Tisch gesprungen, verschwunden, es blieb nur an der Tischkante eine dunkle Spur, wo er sich zum Absprung geduckt, mit dem Fleisch das Holz gestreift haben musste.

Meine Freundin ist es gewohnt, einen Ertrag zu erzielen, wenn sie einen Aufwand betreibt, niemals würde sie sich länger bemühen, wenn nichts für sie herausspringt. Niemand tut etwas für nichts, sagte sie, und sie sah in den beschlagenen Badezimmerspiegel. Sie prüfte die zart verwehten Kratzer an ihrer Wange, sah sich an und dann mich, durch den Spiegel mit diesem Blick, den ich schon kannte, der mich herausfordern wollte, mit ihrer leicht vorgeschobenen Unterlippe, den unverwandt geradeaus blinkenden Augen, während ich ihr die dünnen Fransen aus dem Gesicht strich, schimpfte, dass sie endlich still halten sollte, ihren Kopf festhielt, bevor ich mehrere Spritzer Wasserstoffperoxid auf ihre Wange sprühte und mit Watte verwischte.

Was stellen sie sich eigentlich vor, deine Freunde, was heißt überhaupt, schwierig. Alles will sie erklärt haben. Ich bin nicht dabei gewesen, ich kann auch nur das wiedergeben, was ich weiß, Versatzstücke, nicht mehr: Elisa und Jonas, die Vierzimmerwohnung, die Hochzeit und das Kind, das Auto, das sie anschafften, schon vor der Geburt schafften sie das Auto an, oder war es zuerst das Kind, dann das Auto, und zum Auto Jahr für Jahr ein neuer Kindersitz, gewiss bringe ich es durcheinander.

Dass es nicht ohne Reibungen ablaufen würde, damit hatten sie gerechnet, dass er plötzlich wieder unsauber würde, kurz nachdem das Kind auf die Welt gekommen war, dass er überall auf dem frischen Holzboden seine Markierungen hinterließ und das Schaffell zerbiss und zerriss, das sie gekauft hatten, damit das Kind darauf liegen konnte. Darauf waren sie vorbereitet gewesen, auf seine Angst, nicht mehr die erste Geige zu spielen. Das hatte sich aber wohl schon gegeben, als ich Elisa besuchte, damit sie mir das Kleine in seinem Zimmer zeigte, wo es in einer Wiege schlief, die an einem langen Tau von der Decke baumelte. Er hat sich schon beruhigt, sagte sie nur, und ich fragte nicht weiter nach, wie ich auch im Folgenden nicht groß nachgefragt habe und es deshalb nicht mehr zusammenbekomme, nicht einer Dritten erklären kann, wie sich die ersten, üblichen und erwartbaren Probleme verflüchtigt hatten, nicht, weshalb es so viel später wieder schwierig wurde. Als er eines Nachts auf

Elisa losgegangen war, irritiert, weil sie gegen alle Gewohnheiten im Morgendämmern aufgestanden war. Ich kann sie nicht gut einordnen, diese Geschichte, die sie mir neulich erst erzählte, kurz, bevor sie ihn herbrachten, und mich wohl nochmals warnen wollten, ihn nicht zu erschrecken.

Ich weiß nicht, wie diese Geschichte zu nehmen ist, ob das Kind darin eine Rolle spielt oder nicht. Wann immer wir einander über den Weg liefen, war das Mädchen dabei, vom Kater war niemals die Rede, niemals habe ich mich erkundigt. Jedes Mal erschrak ich, wie es seit unserem letzten Treffen gewachsen war, wie es zu reden, laufen, zu lesen gelernt hatte, während sich bei mir in der gleichen Zeit nichts Nennenswertes ereignen wollte.

Eine Freundin, der es nicht gut geht, so habe ich es meiner Mutter erklärt, als sie nach meinen Plänen für den Heiligen Abend fragte, und so würde ich es Elisa erklären, sollte sie anrufen, sich zu erkundigen, falls er ihnen doch noch in den Sinn kommt. Ich habe schon davon geträumt, wie sie vor meiner Tür stehen und das Mädchen in seinem schottisch karierten Kleid unruhig auf den Weidenkorb zeigt, den ich in der kleinen Einbuchtung im Flur untergebracht habe, beim Putzzeug unter dem Gaszähler. Während Elisa schon prüfend und lockend die Räume abgeht, ich ihr folge zum zerwühlten Bett, in das ungelüftete Zimmer, mich bemühe zu erklären, weshalb die Flaschen auf dem Tisch, weshalb der plötzliche Besuch, ein Mann, was mich im Traum eigenartig beschämt. Dabei wäre ein Zusammentreffen meiner Freundin mit Elisa bestimmt komplizierter, die beiden kämen nicht gut miteinander aus.

Nicht, dass Elisa sich noch viel aus ihm zu machen scheint, jedenfalls hat sie sich schon länger nicht erkundigt. Zuletzt schickte sie mir eine Einladung zu ihrem Adventsfrühstück, im Anhang ein Bild des Kindes, wie es mit ausgebreiteten Armen über eine leere Bühne rennt. In letzter Minute habe ich absagen müssen, nach ihm fragte sie wieder nicht, das Frühstück war schon im Gange, laut hörte ich das Reden, ein Oratorium lief. Möglich, das werde ich sogar meiner Freundin gegenüber zugeben müssen, möglich, dass sie ihn schon ganz vergessen haben, ihn und den Vorsatz, ihn wieder zu sich zu nehmen, wenn das Mädchen erst alt genug wäre. Ohnehin weiß ich nicht, ob er bis dahin überleben wird.

Wir haben das Huhn für ihn aufbewahrt, es war ihre Idee, es offen in seiner Schachtel auf dem Tisch stehen zu lassen, damit der Duft ihn verführt. Er hat ihr schon einmal aus der Hand gefressen. Das Tuch wieder fest um den Kopf geschlagen, die Wunden mit Pflastern beklebt, wird sie in ihrem nachtblauen Morgenmantel an meinem Tisch sitzen, verloren in Gedanken an den Resten des Huhns herum zupfen, das Fleisch von den Knochen lösen. Ich werde ihr von der Kiste erzählen, die ich aufgebaut habe, eine einfache Pappkiste, damit er sich darin verstecken kann, falls er Lust dazu hat. Sie wird erschöpft sein, sie wird einen langen Tag gehabt haben, ich weiß, wie gut sie ihre Sache macht. Endlich einmal müde, hört sie meinen Reden zu, ein einziges Mal nur fasst sie mich am Arm, legt ihren fettigen Finger an meinen Mund, sind wir beide ganz still, horchen auf die Geräusche, aus der Kiste, aus einer seiner Ritzen und Höhlen, wahrscheinlich zufrieden, wo immer er steckt, er wird nicht weit sein.

## ERIKA PLUHAR | Es gab nur eine Katze in meinem Leben

Es gab nur eine Katze in meinem Leben. Als man sie mir schenkte, war sie so klein, daß ich »Bröselchen« zu ihr sagte. Der Name »Brösi« verblieb ihr dann. Brösi war eine ganz normale, grau getigerte Hauskatze mit schrägen grünen Augen, und sie teilte mit mir meine Anfängerjahre am Theater. Die Gage einer Burgtheater-Elevin war damals so gering, daß wir beide Hunger gelitten hätten, wenn nicht meine Mutter, uns immer wieder verköstigend, eingesprungen wäre. Die Wohnung, in der ich leben durfte, weil die Besitzer auf längere Zeit im Ausland blieben, lag in einem alten Haus mitten in der Stadt. Sie führte auf einen stillen Innenhof hinaus, durch den die Tauben flatterten (von Brösi, am Fensterbrett kauernd, gierig betrachtet!), und entbehrte nicht eines gewissen romantischen Reizes. Nur war sie nicht zu heizen. Also ließ ich an kalten Wintertagen einfach das Backrohr des Gasherdes brennen, was zumindest die Küche wärmte. Es war eine uralte Küche, mit gewölbter Decke und bukkelig gekacheltem Fußboden, und ich und die Katze hielten uns bei Kälte meist dort auf. Schon damals schrieb ich mit Federkiel und Tinte in großen schwarzen Büchern alles mögliche vor mich hin, um der Theaterarbeit und ihren ständigen Äußerungen etwas an innerer Konzentration entgegenzusetzen. Ein weißer Porzellanlampenschirm hing über mir, und Brösi lag vor mir, mitten auf dem Tisch, und aufmerksam, meist schnurrend, meine Schriftzüge verfolgend.

Eines Tages hob ich wieder einmal gedankenvoll den Blick, sah mitten in Brösis Augen – und sah, daß sie schielte! Ja, sie schielte mich mit ihren wunderschönen grünen Augen liebevoll an, so, als wäre sie beschwipst oder gar betrunken. Ich erschrak. »Brösi! Was ist mit dir?« Sie schielte weiterhin, begann jedoch zärtlich zu schnurren, ihr Köpfchen an meiner besorgten Hand reibend, meine plötzliche Aufmerksamkeit schien ihr zu behagen. Auch als ich sie hochhob und ein wenig schüttelte, schielte sie mich glückselig an.

Da packte ich sie in ihren Korb und fuhr sofort zum Tierarzt.

Sie *war* so etwas wie beschwipst oder betrunken vom ständigen Aufenthalt in gasgeschwängerter Luft, die Arme! Wenn ich selbst auf Proben oder in der Vorstellung war, blieb sie ja daheim, geduldig auf mich wartend, und immer in der so gefährlich erwärmten Küche! Ich brach bei dieser Erklärung schuldbewußt in Tränen aus, der Arzt mußte mich trösten. Es sei der Katze ja nichts Bedrohliches zugestoßen, noch nicht, und das Schielen würde sich legen.

Verweint kam ich nach Hause, wir legten uns aneinandergeschmiegt in mein Bett, unter die dickste Tuchent, die ich besaß, wärmten uns so gegenseitig in kalter Winternacht, und am nächsten Morgen schielte Brösi nicht mehr, sondern sah mich wieder mit klarem, grünem Blick an.

Als ich ihr davon erzählte, schrie meine allzeit besorgte Mutter auf, natürlich auch meiner Gesundheit wegen besorgt, und drängte mir sofort ihren Badezimmerstrahler auf. Und zu Weihnachten bekam ich von meinen Eltern einen elektrischen Heizofen geschenkt.

Ja, es gab nur eine Katze in meinem Leben, und wir teilten Armut und Jugend und einen so zärtlichen Blick füreinander, daß auch kurzfristiges Schielen ihn nicht trüben konnte.

## BARBARA BRONNEN | Scheidung

Wir waren zu viert. Zwei Paare.

Einen langen Weg waren wir zusammen gegangen. Von den frühen achtundsechziger Jahren bis in die späten siebziger.

Aufstieg, Niedergang und Verfall zweier Ehen.

Wir hatten ein bißchen gehungert, ein bißchen gut gegessen, ein bißchen Arbeit gefunden, ein bißchen studiert. Eine Weile lebten wir von Nachrufen, die Rudolf und ich für die *Quick* schrieben. Sämtliche internationale VIPS aus Film und Literatur hatten wir für 2000.– DM wortreich beerdigt. Pompes funèbres.

Wir hatten ein bißchen demonstriert, die beiden Kleinen in Kinderrucksäckchen auf dem Rücken, da sie nicht allein zu Hause bleiben wollten. Den alljährlichen Ostermarsch absolvierten sie mit uns in erregter Stimmung, verfolgten mit gerecktem Hals jede Windung des Zuges und spielten mit den Bommeln der Mützen der vor uns marschierenden Demonstranten, doch bei knatternden Lautsprechern, ungeschlachtem Gesang oder den ersten Regentropfen versteckten sie die Köpfe in der Kapuze unseres Parkas. Wenn Pfiffe erklangen, stießen sie hie und da einen verängstigten Schrei aus, daß unsere nächsten Mitdemonstrierenden zusammenzuckten, und wir reichten ihnen über die Schulter ein paar Pommes Frittes. Dann blickten sie sachverständig umher, fauchten die Polizisten an, genossen das Getümmel, dem sie enthoben waren und drängten sich warm an unseren Rücken.

Wir waren zusammen nach Venedig gefahren, wo die beiden mit süßem, geistesabwesendem Blick die einander umschlingenden Paare betrachteten und ihnen noch lange nachblickten. Jede Gondel, jedes Vaporetto war für sie eine Folterbank, und ihre Gesichtchen verzogen sich schmerzlich, als trügen sie eine kleine Dornenkrone. Aber sie liebten es, im venezianischen Eisenbett mit uns zu nächtigen und begleiteten unsere Liebkosungen mit zärtlichem Schnurren. Sie schätzten das sanfte Schaukeln unseres Wagens, wenn wir ins Bayrische fuhren und protestierten lauthals bei jedem Halt. Wir wanderten mit ihnen unter schneebedeckten Bergen, und sie versanken jaulend im Schnee. Im Zug preßten sie ihre Nasen an die Fensterscheibe, und ihre Köpfe folgten hektisch den vorüberhuschenden Häusern.

Sie waren dabei, wenn wir uns bis zum Morgen, in Rauchschwaden gehüllt, mit den Tupamaros oder SDS-Führern in Diskussionen verstrickten, und gaben uns Rückendeckung, indem sie sich an uns rieben. Wenn wir stritten, daß die Fetzen flogen, begannen auch sie zu kreischen, hetzten einander über Tisch und Stuhl, schubsten und drängelten, fischten Gebäck von unseren Tellern und benutzten es als Fußball auf dem Parkett.

Sie liebten den heißen Sand am Meer und die Sonne. Wäre es mit rechten Dingen zugegangen, wären sie jeden Sommer sonnengebräunt gewesen. Nichts außer der Wärme drang dann an die Ränder ihres Bewußtseins, selbst die grelle, verbrauchte Augustsonne störte sie nicht. Mittags, zur Siestazeit, ermatteten sie regelmäßig, ihre Augen wurden zu schmalen Schlitzen, ihr sonst so leichtes Fleisch wurde schwer, wie aufgeweicht, in Zeitlupe flossen sie darnieder, voll unendlicher Gleichgültigkeit, in den graziösen Gliedern schlummernde Sinnlichkeit, den Herzschlag begleitete das Geschabe der Zikaden.

Dem Fernsehen frönten sie nur, wenn zwitschernde Vögel oder huschende Mäuse auftauchten, und Fußballspiele versetzten sie in Begeisterung. Dann saßen sie zu zweit in ihrem Lehnstuhl, scheuchten beim Anpfiff hoch, machten nach der ersten Halbzeit ein Nikkerchen und verfolgten den Ball in der zweiten Halbzeit mit ruhelosen Augen.

Sie feierten mit uns Ostern und naschten am Eigelb der Ostereier, liebten Kirchweih, wenn sie ein Stück vom Braten erhaschten. Doch am meisten schätzten sie Weihnachten, wenn sie an den untersten Zweigen des Christbaums gebratene Würstchen, Stückchen von der gebratenen Pute und Nierchen entdeckten. Sie liebten Weihnachtslieder und begleiteten sie mit Schnurren. Das kleine Christkind zerrten sie nie aus seiner Wiege, sondern betrachteten es andächtig, wie uns schien. Sie liebten die goldenen Blechsonnen, die bunten Kugeln, die schwebenden Weihnachtsengel, die silberngrünen Nixen, die tränenden Herzen und Girlanden, die den Baum schmückten, und haschten nach dem Lametta. Auch die Glöckchen am Christbaum mit ihrem hohen, feinen Ton konnten sie verlocken, und sie wurden nicht müde, sie mit ihren rosa Pfoten zu bewegen. Sogar Mandelplätzchen und Schokoladenkringel hörten wir sie manchmal raspeln.

Am schönsten aber war es, wenn wir zu viert auf dem Sofa flezten, wir unseren Wein, sie ein wenig Milch schlabberten, und wir ihnen aus ihrer Kinderzeit erzählten, wie wir unser erstes gemeinsames Weihnachten im Süden bei gleißender Sonne und fünfundzwanzig Grad auf der Wiese feierten und sie mit einer echten Maus spielten. Sie bescherten uns reich, als Isolde mit sechs Kätzchen in allen Grau- und Schwarzweiß-Schattierungen niederkam, die sich bald auf umliegende Gehöfte zerstreuten. Sie schienen fest entschlossen, fortan jede toskanische Zypresse zum Weihnachtsbaum zu erklären und ihr festliches Weihnachten immer häufiger auch auf den Alltag auszudehnen. Gegen einen Olivenbaum als Christbaum hatten sie nichts einzuwenden, und tanzten um ihn herum, als wir nach reicher Olivenernte den Baum mit roten Rosen schmückten – sie kamen mit der völligen Abwesenheit von Schnee, Pelzmützen und dicken Shawls bestens zurecht.

An Weihnachten, unter welchem Baum auch immer, gab es schließlich Geschichten. Wir erzählten, wie sie bei uns aufgetaucht waren und nicht lockerließen, bis wir sie nach Deutschland mitnahmen. Wie de Sade wieder und wieder vor dem Parkhaus in Mestre auf den Sitz sprang und sich nicht verscheuchen ließ, oder wie sich Isolde mit pathetischen Gesten vor das Auto warf und mit ihrem Selbstmord drohte, falls wir sie nicht ins Auto luden. Wie sie zueinanderfanden und schon am ersten Tag ihrer Bekanntschaft Hochzeit feierten. Wir lachten und schnurrten, kitzelten und gurrten, und hatten das Gefühl, die ganze Welt zu umarmen.

Isolde war uns in der Toskana zugelaufen, messerscharfe Koloraturen schmetternd, das Kajalauge fordernd auf uns gerichtet, das edle Profil zerkratzt, zerfetzt, Blut am Maul, mit Kletten am Ohr und voll egoistischem Selbsterhaltungswillen. Ein schlankes, edles Wesen im grauweißgestreiften Kostüm, verhungert, verstimmt, ohne Heim, auf Broterwerb angewiesen. De Sade, ein stupsnasiger Abkömmling persischer Könige, war ein gebürtiger Venezianer, der sich bei unserem ersten Venedig-Besuch wild entschlossen zeigte, uns für den Rest seines Lebens zu begleiten, ein Halbangora, mit rosasamtenen Pfoten und majestätischem Gehabe. Er bewegte sich langsam und würdevoll, zeigte keine Gier und machte um Mäuse einen Bogen. Wurde er beleidigt, von wem auch immer, forderte ihn das heraus, wie ein Kampfstier hielt er auf den Angreifer zu, schräg, mit gesträubtem Rückenfell.

Er witterte in Isolde sofort das Opfer und biß ihr probeweise ins Ohr, um ihr jungfräuliches Blut zu kosten. Danach feierten sie ohne Umschweife ihre wonnevolle Vermählung. Ihre Liebe brodelte vor Zwietracht und Leidenschaft, war von Anbeginn an auch Krieg, mit Verknotungen, Brüchen, Verrenkungen, in heißen Nächten zupfte er sie wie ein Saiteninstrument. Mit dem Mond loderte ihr Geschlecht auf und verblaßte.

Geschöpfe der Nacht, die unsere Dachwohnung, den Dachboden und das ins Nebenhaus übergehende Dach beherrschten, durch geöffnete Fenster in Nachbarwohnungen eindrangen und Schlafende überraschten. Wir verdankten ihnen neue Freunde, die wir ohne sie wohl nicht kennengelernt hätten.

Isolde saß stundenlang de Sade Modell und putzte sich an intimsten Stellen mit religiöser Inbrunst, seine begehrlichen Blicke ignorierend. Sie konnte herausfordernd zickig sein, und die betonte Ruhe, mit der sie sich hinternwedelnd von ihrem Platz entfernte, sobald er einen Satz auf sie zumachte, provozierte mit ihrer weiblichen Selbstgenügsamkeit. Es war augenfällig, daß diese Haltung mit dem dritten Jahr zunahm, und ich überlegte, wie lang für eine Katzenliebe wohl ein Jahr sein konnte. In jedem Fall ähnelte das unserer Beziehung, die sich immer mehr zu einer heiklen Angelegenheit entpuppte. Ab und zu sprachen wir über eine Trennung, doch es war, als würden wir dies nie realisieren. Wenn auch unser Verhältnis ambivalenter und unsere Auseinandersetzungen erbarmungsloser gerieten, so schien es eine Zeitlang so, als würden wir nur noch enger zusammenrücken. Doch innerlich brannte der Gedanke immer verrückter, einander zu verlassen, nur aus Gewohnheit fuhren wir mit unserer alten Lebeweise fort.

Wir fuhren nach Florenz. Ich hatte für eine Zeitung den Auftrag übernommen, ein erlesenes Hotel an der Piazza della Repubblica kritisch unter die Lupe zu nehmen und darüber zu schreiben. Wir standen an der Rezeption, ich nannte meinen Namen, ein Doppelzimmer, sagte der junge Mann. Zwei Einzelzimmer, hörte ich mich ihn mit einem Mal korrigieren; er blickte mich nur kurz an und nickte.

Einzelzimmer, sagte mein Mann, was soll das?

Ich hab sonst viel Verständnis, sagte ich, aber die Sache mit Rita, da ist's bei mir aus.

Find ich doof, sagte er, du bist doch sonst nicht so.

Meine Nackenhaare sträubten sich, als er mich mit einer ganzen Flut von Argumenten bombardierte. Zum Thema Fremdgehen hatte er seine ganz persönliche Sicht.

Der Page gehorchte meinem Wink, nahm meinen Koffer und rief den Aufzug. Ich trug den Katzenkorb.

Kurz darauf rief Rudolf an und verkündete seine eigenen politischen Gedanken, etwa in der Richtung, daß nur Liebe, Empathie und Zärtlichkeit die Welt retten konnten.

Wenn du es genau wissen willst, sagte ich, das denke ich auch. Drum bleib ich lieber allein. Mir reichen die Katzen.

So kurz vor Weihnachten, sagte er.

Diesmal, sagte ich, mache ich ›Stille Nacht‹ ohne dich.

Ohne die Katzen hätte ich in dieser Nacht schlecht geschlafen, mir fehlte Rudolfs Bein, das er sonst um meine Beine schlang. Doch die beiden schienen um meine kalten Füße zu wissen, schlichen unter die Bettdecke und wärmten meine Fußsohlen und Waden.

Das Alleinschlafen bürgerte sich ein, und an Weihnachten ging mein Mann frühzeitig zu Bett. Ein Weihnachten später zog Rudolf seinen dunklen Anzug an.

Wo gehst du hin? fragte ich.

Ich gehe tanzen. Es gibt Leute, die mögen Weihnachten wie ich einmal anders.

Ist mir neu, daß du's anders magst, sagte ich.

Schönes Fest, sagte er und verschwand.

Der Weihnachtsabend war kümmerlich. Die Katzen schienen zu spüren, daß etwas nicht stimmte, und maunzten, als hätte ich ihn vertrieben. Und dann fing dieser gottverdammte de Sade an, vor Rudolfs Tür zu heulen, und als ich ihn streicheln wollte, buckelte er und zog mir einen kräftigen Kratzer über die Hand. Er war eindeutig Partei, das trug ich ihm nach. Isolde bekam nun die besten Bissen, de Sade ließ ich unter Zärtlichkeitsentzug leiden.

Ich sang diesmal nicht, aus Angst, daß mir die *Stille Nacht* in der Kehle stecken blieb.

Kurz darauf wollten wir die Scheidung.

Das heißt, Rudolf und ich.

De Sade und Isolde mitnichten.

Wir teilten alles, höflich und ruhig, also auch die Katzen, kauften ein zweites Körbchen, und Rudolf zog mit de Sade ab. Doch die Scheidung strengte keiner von uns an.

Mir ging es nach einer Weile ganz gut, ein anderer Mann tauchte auf, und als mein früherer Mann uns einmal besuchen kam, kannte ich ihn nur noch vom Sehen. Auch de Sade und Isolde waren bei ihrem Wiedersehen nach langer Trennung zunächst sehr vorsichtig, dann aber schnappten sie sich ein paar Kekse und verschwanden im Nebenzimmer.

Kaum war Rudolf samt de Sade wieder abgefahren, hockte sich Isolde vor die Wohnungstür, blickte verbissen auf den Türgriff und begann, kläglich nach de Sade zu schreien. Ich sperrte sie wütend ins Kabinett und schlief mit Wattebäuschchen im Ohr, doch am nächsten Morgen setzte sie ihren Sitzstreik vor Rudolfs Tür fort und schrie bis zum Abend durch. Enerviert öffnete ich schließlich die Tür, sie stürzte hinaus und warf sich durch die Streben des Geländers in die Tiefe hinab.

Protest? Verzweiflung? Selbstmordversuch?

Ich fand sie vor der Kellertür. Offenbar hatte sie sich nichts gebrochen. Ich wollte sie auf den Arm nehmen und hochtragen, doch sie schüttelte mich ab und erklomm leichtfüßig wie immer die Treppen.

Die folgenden Wochen schlief sie auf de Sades Kissen, das Rudolf mitzunehmen vergessen hatte. Sie erhitzte sich an seinem Geruch und hob schnurrend die Tatzen. Sie ächtete mich und nahm ihr Futter nur dann, wenn ich nicht zu sehen war. Als uns mein Noch-Mann eines Tages besuchte, in der Hand eine Tüte voll Schinkenstückchen und Würstchen, nahmen die Katzen ein paar Leckerbissen und verschwanden. Im Nebenzimmer hörten wir sie schnurren und kreischen.

Den Abend verbrachten Rudolf und ich mit Reden und Schweigen.

Das Weihnachtsfest kurz darauf war vertrackt. Aus irgendeinem Grund wollte ich meinen neuen Freund nicht mehr sehen. Dafür lag Rudolf mit den Katzen auf dem Boden und spielte mit einer aufziehbaren Blechmaus.

Ich wartete eine Weile. Dann verschaffte ich mir mit einem Riesenseufzer Erleichterung. »Weihnachten!«, rief ich, schleuderte meine Stöckelschuhe in die Ecke, legte mich dazu und überließ mich mit einem Jubelschrei dem Feiern.

Felicitas' Äußeres ist schnell geschildert: schwarz mit einem weißen Lätzchen und weißen Pfoten, ein weißer Fleck auf der Stirn und ein weißes Schwanzende. Mittelgroß, vier Kilogramm, Speckansatz an den Hüften. Ihr Alter: geschätzte zwei Jahre. Irgendwann im Frühsommer war sie bei den Blochs aufgetaucht. Als Vater Lars die Haustür öffnete, um wie jeden Morgen die Zeitung hereinzuholen, war sie an seinen Beinen vorbei ins Haus geschritten. Nicht gehuscht, nicht gerannt: geschritten. Im Flur war sie stehengeblieben, mit hoch erhobenem Schwanz, und hatte sich in aller Ruhe umgesehen.

Die Zwillinge, die auf dem Weg zum Frühstückstisch gerade die Treppe herunterstürmten, blieben wie vom Donner gerührt auf halber Höhe stehen und starrten auf die Katze. Bea gewann als erste die Fassung zurück und ließ ihr schrillstes »Mama!« in die junge Morgenluft auffahren, ihr Notschrei, den sie sonst nur bei höchster Gefahr ausstieß, etwa wenn ihre Schwester Thea sich unerlaubt ihrem Lieblingspferd näherte, dem lila Pony mit der rosa Mähne.

Von diesem Tag an verloren die Pferde – Bea besaß vier davon – an Attraktion. Alles im Leben der beiden

Fünfjährigen drehte sich nun um die Katze. Felicitas, wie man sie in memoriam der kürzlich verstorbenen Großmutter nannte, wusste genau, was sie von wem zu erwarten hatte: von der Mutter das Futter, vom Vater die Säuberung des Klos, von Bea unermüdliche Streicheleinheiten, von Thea heimlich verabreichte Leckereien aus dem Kühlschrank, die eigentlich für den Abendbrottisch der Familie gedacht waren. Bald gehörte sie zur Familie, war die fünfte im Bunde: nur das beste Futter, Schlafen in einem Bett ihrer Wahl – am Fußende, aber immerhin –, Kratzbaum, Katzenklappe in der Küchentür ...

Nichts versetzte die Mädchen in größere Aufregung, als wenn Felicitas irgendein Anzeichen von Unwohlsein zeigte, sei es, dass sie ihren Napf nicht vollständig leerte – weil sie vielleicht kurz vorher ein Stück Cervelatwurst-mit-Gesicht zugesteckt bekommen hatte –, sei es, dass sie beim Kratzen an der Rückseite des Sofas eine Krallenhülle verloren hatte oder sei es, dass sie länger als gewöhnlich ihren Mittagsschlaf auf der Fensterbank im Esszimmer hielt, von dem aus sie mit halb geschlossenen Augen dem Treiben der Vögel im Garten zusah.

Wenn ein Besuch beim Tierarzt anstand, ergriff diese Aufregung die gesamte Familie. Mehrfach schon musste der Gang zum Arzt verschoben werden, weil Felicitas am jeweiligen Tag nicht auffindbar war. Erst abends, wenn die Praxis längst geschlossen war, tauchte sie plötzlich im Garten wieder auf und spazierte seelenruhig durch das Haus in die Küche zu ihrem Fressnapf, vor dem sie reglos stehen blieb. Die allgemeine Freude über ihre Rückkehr ließ die Sorgen der vergangenen Stunden im Nu verrauchen und den Futternapf überquellen.

Nachdem Felicitas vier Monate lang zur Familie gehörte, ahnte Mutter Ingemarie einen Zusammenhang zwischen dem anberaumten Arzttermin und dem Verschwinden der Katze, und sie handelte kurzentschlossen: Eines Abends, die Zwillinge schliefen bereits, holte sie den Katzen-Transportkorb aus dem Keller, stellte ihn neben den Futternapf auf und lockte mit ihrer lieblichsten Stimme die Katze herbei, nicht ohne dabei zweimal mit der Kühlschranktür zu klappen. Sie verspürte einen Hauch schlechten Gewissens, als Felicitas ohne jeden Arg zur Küchentür hereineilte und mit vorgerecktem Köpfchen ihrem Napf entgegen strebte, in dem ein Stück frischer Gesichtswurst lag. Noch während sich die Katze über die unvermutete Gabe wunderte, wurde sie im Genick gepackt, hochgehoben und in den Transportkorb gesetzt, dessen Deckel sich dann über ihr senkte. Den Blick, den sie aus ihrem Gefängnis heraus der Mutter zuwarf, sah diese zum Glück nicht, sie sah nur, wie Felicitas einen sehr runden Buckel machte, bevor sie sich langsam umdrehte und der Außenwelt demonstrativ den Rücken zukehrte.

Diese Position, Ausdruck höchster Enttäuschung und Missbilligung, hatte sie noch inne, als die Familie – ohne Vater Lars – am Morgen zum Tierarzt aufbrach. Die lautstarke Diskussion darüber, wer den Katzenkorb während der Fahrt festhalten dürfe, hatte Ingemarie dahingehend entschieden, dass er in der Mitte der Rückbank des Autos zwischen den Kindersitzen der Mädchen zu stehen kam, mit dem Ausguck nach vorn. Felicitas machte keinen Gebrauch von dieser Möglichkeit, sondern wandte ihrer Familie weiterhin den Rücken zu. Ihre Empörung war so groß, dass sie sogar das Hungergefühl vollständig unterdrückte. Sie schnappte auch nicht nach dem Finger, den Bea hin und wieder durch die Stäbe schob, was die Mutter verboten hatte. Sie strafte alle drei mit erbarmungsloser Nichtachtung. Und sie kämpfte gegen aufsteigende Übelkeit.

Letztere war nicht nur Ergebnis ihrer berechtigten Empörung über die ihr angetane Hinterlist, ihres Hunger sowie der Bewegungen des Autos. Es war der Besuch als solcher, der ihr bevorstand. Eigentlich mochte sie die kleine, stämmige Ärztin mit der dicken, dunklen Brille, daran lag es nicht. Auch nicht daran, dass sie geimpft werden sollte, Frau Doktor Breihold setzte die Nadel wirklich behutsam, man spürte es kaum. Nein, es war etwas anderes: Die Frau wusste zuviel.

Das Wartezimmer war bereits gut gefüllt, obwohl die Sprechstunde noch nicht begonnen hatte. Ein Mastino mit blutunterlaufenen Augen lag platt wie eine Flunder auf dem Boden und atmete schwer; ein Zwergkaninchen im Schuhkarton auf dem Schoß einer jungen Frau zitterte am ganzen Körper; ein Wellensittich hüpfte in seinem abgedeckten Käfig hin und her, hackte dabei gegen sein Spiegelbild und machte Lärm für drei.

Felicitas lag ungerührt und unverändert in ihrem Transportkorb. »Sie hat überhaupt keine Angst«, flüsterte Bea stolz ihrer Schwester Thea zu und stupste mit ihrem Finger kurz gegen Felicitas Hinterteil, »sie ist ganz ruhig«. Thea nickte geistesabwesend und beobachtete den Speichelfluss des Mastino, der aus traurigen Augen zu ihr aufblickte.

Nach einer Stunde war es dann endlich soweit. Felicitas war an der Reihe. Die Familie gruppierte sich im Sprechzimmer um den Behandlungstisch, auf dem die Mutter den Korb abgestellt hatte.

»Frau Doktor kommt sofort«, zischelte die junge Sprechstundenhilfe durch ihre Zahnspange und lüftete schon mal den Deckel des Käfigs, um Felicitas herauszuheben. Diese, nun auf dem Behandlungstisch liegend, rührte sich immer noch nicht. Nur ihr linkes Ohr drehte sich in die Richtung, aus der sie die Schritte der Ärztin näherkommen hörte.

Frau Doktor Breihold begrüßte die drei betont munter und warf einen ersten Blick auf Felicitas. Sie ließ sich nichts anmerken, dachte nur: ›Du schon wieder! Du warst doch erst vor kurzem mit diesem jungen Ehepaar hier. Sie nannten dich Rosa.‹

›Ja‹, dachte Felicitas, ›was soll ich machen? Sie sind nun mal die einzige Tierärztin hier in der Gegend.‹

›Ich kann dich jetzt nicht schon wieder impfen‹, dachte die Ärztin, während sie Felicitas' Maul öffnete und ihre Zähne inspizierte.

»Sie ist in einer prima Verfassung!«, sagte sie in die Runde, und alle drei strahlten die Ärztin an. Während Frau Doktor Breihold dann die Kombi-Spritze gegen Katzenschnupfen und Zeckenbiss in Felicitas Fell drückte, ohne zu injizieren, dachte sie: ›Wie oft wirst du denn noch hier auftauchen in diesem Jahr?‹

›Nur noch einmal, mit dem alten Mann. Um den muss ich mich auch mal wieder kümmern‹, dachte Felicitas.

›So machst du das also‹, dachte die Ärztin und warf einen prüfenden Blick auf die Krallen, die sie vor drei Wochen geschnitten hatte.

»Die brauchen wir nicht schneiden«, sagte sie zu Ingemarie Bloch, »sie scheint sie selber kurz zu halten.«

»Ja, sie hat ja einen Kratzbaum«, sagte Thea.

›Was ist denn mit dem alten Mann?‹, dachte die Ärztin

›Er vermisst mich. Ich bin ihm was schuldig, schließlich hat er mich damals aufgepäppelt.‹

›Und warum bist du nicht bei ihm geblieben?‹

Felicitas blinzelte mit einem Auge zur Ärztin hoch. ›Sehen Sie sich die beiden Mädchen an, sind sie nicht hinreißend? Ich konnte ihnen nicht widerstehen.‹

›Ja‹, räumte Frau Doktor Breihold mit einem Blick auf Bea und Thea ein. ›Und die beiden anderen, mit denen du kürzlich hier warst?‹

Bevor Felicitas antworten konnte, hob die Sprechstundenhilfe sie in den Korb zurück und setzte den Deckel darauf.

›Danke‹, dachte Felicitas, als man sie aus dem Raum trug und das Schaukeln des Korbes ihr sofort wieder Übelkeit verursachte.

›Dafür nicht!‹

»Ihr habt wirklich eine ganz besondere Katze!«, rief Frau Doktor Breihold den Zwillingen nach, die glücklich hinter ihrer Mutter herhüpften.

*

Henri Kuczinski schlurfte den Plattenweg von seinem Hauseingang zum Mülleimer entlang, in jeder Hand eine Abfalltüte. Das Laub, das seine alten Apfelbäume abgeworfen hatten, war vom Regen der letzten Tage glitschig geworden. Er ging vorsichtig in seinen Pantoffeln und nahm sich vor, ab jetzt die Schuhe zu wechseln, wenn er in den Garten ging. Wegen eines Oberschenkelbruchs hatte er die letzten Wochen im Krankenhaus verbringen müssen und so die schönste Jahreszeit verpasst. Im Herbst leuchteten die Stauden und Rabatten in seinem Garten in allen Farben. Er hatte sie mit Bedacht ausgesucht vor vielen Jahren, inzwischen waren sie zu einem Dickicht geworden, das dem Igel gut gefiel. Henri hoffte, dass er auch in diesem Winter wieder auftauchen würde. Es wäre dann schon das dritte Jahr in Folge. In den Vorjahren hatte er ihn, wenn der Frost einsetzte, in seinen Heizungskeller geholt, wo er zusammengerollt vier Monate schlief, nur einmal am Tag kurz erwachte, ein paar Schritte tat, um zum Napf mit dem Katzenfutter zu gelangen, den Henri jeden Morgen füllte.

Henri hatte noch ein Dutzend Dosen vom letzten Jahr in der Vorratskammer. Mit Momo, der Katze, die er nach dem Unfall direkt vor seiner Gartenpforte zu sich genommen und gesund gepflegt hatte, rechnete er nicht mehr. Immer mal wieder war sie für mehrere Tage verschwunden, aber so lange wie jetzt noch nie.

Nachdem er den Müll in den Eimer gestopft und die Werbezettel aus dem Briefkasten genommen hatte, schlurfte er zum Haus zurück, den Blick auf den Boden geheftet, um nicht auszurutschen. Aus diesem Grund sah er die Katze nicht gleich. Sie lag quer auf der Fußmatte, über die ein Feudel ausgebreitet war, und blickte durch halb geschlossene Augen auf das kleine Rasenstück vor dem Haus. Henri schaffte es, sich sein Erstaunen und seine Freude nicht anmerken lassen. »Hunger?«, fragte er nur, stieg über sie hinweg und betrat das Haus.

Er ließ die Haustür offen und ging in die Küche. Als sie die leise quietschende Tür der Speisekammer hörte, erhob sich die Katze von der Fußmatte und folgte ihm gemächlich. Sie entdeckte ihr Geschirr in der gewohnten Ecke – die Wasserschale und den Fressnapf – und hielt direkt darauf zu. Er sah ihr dabei zu, wie sie den Inhalt der Dose »Rind und Mais« verschlang. Nicht gierig, aber offenbar doch hungrig. »Na, dann komm«, sagte er, als sie den Napf geleert hatte, und ging in die Stube. »Erzähl' mal, wo du warst.« Er machte es sich im Sessel bequem.

Die Katze war ihm mit erhobenem Schwanz gefolgt und sprang, wie sie es immer getan hatte, auf seinen Schoß. Sie schwiegen mehrere Minuten.

»Aha«, sagte Henri dann, »also: Bei mir war nicht viel los, falls du es wissen möchtest. Außer, dass ich auf der Treppe gestolpert bin, du weißt schon, der lose Teppich. Bin mit dem Pantoffel hängengeblieben und zehn Stufen runtergerutscht, hab' noch Glück gehabt, dass es nur der Oberschenkel war. Hätte auch der Hals sein können, sagte mein Sohn, der extra aus Süddeutschland angereist kam, um mich im Krankenhaus zu besuchen. Du solltest wirklich so bald wie möglich raus aus dem Haus, meinte er, wir haben das Senioren-Domizil doch schon mal angesehen. Ist picobello dort. Wenn du mal hinfällst, ist gleich einer da, der dir wieder auf die Beine hilft, meinte er.«

Die Katze hob den Kopf und sah ihn an. »Hab' ich auch gedacht«, sagte Henri, »kommt gar nicht infrage! Außerdem hab' ich die alte Bude schon längst der Gemeinde überschrieben, er würde sowieso nichts erben. Ich hab' hier noch Wohnrecht, sie zahlen die laufenden Kosten, dafür gehört sie später ihnen. Und jetzt sag ich dir was. Brauchst dir nichts drauf einzubilden: Ich bin auch deshalb nicht weggezogen, falls du wiederkommst. Jetzt brauch ich einen Eierlikör.«

Die Katze sah ihn mit großen Augen an, als er sein Glas in einem Zug leerte.

Er träufelte einen Tropfen Eierlikör auf seine Fingerkuppe und hielt ihn der Katze vor die Nase. »Prost«, sagte er, als sie den Finger ableckte, »auf deine Gesundheit.«

*

Es war Zufall, dass Eleonora Breihold sich gerade in Hörweite des Telefons aufhielt, als die Sprechstundenhilfe in den Hörer rief: »Nun hören Sie mir doch mal zu – Frau Doktor macht keine Hausbesuche! Sie müssen schon zu uns kommen.«

»Wer ist dran?«, fragte die Ärztin im Vorbeigehen. Die junge Frau hielt eine Hand vor die Muschel und antwortete leise: »Der Alte, der hier mal mit dieser angefahrenen Katze war. Er meint, sie braucht ihre jährliche Impfung.«

Frau Doktor Breihold nahm ihr den Hörer aus der Hand. »Wo wohnen Sie noch mal?«, fragte sie.

Sie wiederholte die Frage, diesmal etwas lauter, dann: »Ja, das liegt auf meinem Heimweg. Ich komme am frühen Abend vorbei. Ist schon gut, Herr Kuczinski, nichts zu danken.«

›Bin im Keller‹ stand auf einem Zettel, der an die angelehnte Haustür geheftet war. Frau Doktor Breihold trat leise ein, schloss die Tür hinter sich, als aus dem Keller ein lautes »Hier!« erscholl. So schlecht schien Henri Kuczinski doch nicht zu hören.

»Die Katze hat's gemerkt«, sagte er zu ihr, nachdem sie die schmale Treppe hinunter gestiegen war und den kleinen Kellerraum betreten hatte, der mit einem Stück Maschendraht in zwei Hälften geteilt war. In der einen Hälfte saß die Katze, in der anderen ein Igel, der gerade seine spitze Schnauze in einen Futternapf steckte. »Er ist wieder da«, sagte Henri Kuczinski, »wie jedes Jahr. Er wird hier wohl überwintern, wenn ich ihn gut füttere.«

›Und du bist auch wieder da‹, dachte die Ärztin und sah die Katze an, die ihr den Rücken zuwandte.

›Sagte ich doch‹, dachte die Katze. ›Warum müssen Igel nur so stinken? Gibt es nicht ein Mittel dagegen?‹

»Wo Sie schon hier sind«, sagte Henri, »könnten Sie gleich beide impfen?«

Sie öffnete ihre Tasche und nahm die erforderlichen Utensilien heraus. »Mit wem soll ich anfangen?«, fragte sie.

›Mit ihm‹, dachte die Katze.

»Fangen Sie am besten mit dem Igel an«, schlug Henri vor, »Momo machen wir dann in der Stube, da können Sie besser sehen. Wäre nett, wenn Sie sich die Katze mal rundum angucken.«

Das tat sie. Die Katze lag auf Henris Beinen und ließ sich ins Maul, in die Ohren, zwischen die Hinterbeine und unter die Pfoten gucken. »Merkwürdig, nicht wahr?«, sagte Henri, »keine Schramme, kein Kratzer. Und auch die Krallen sind kurz. Als wäre sie nicht den ganzen Sommer über draußen rumgestromert.«

Interessiert schaute er zu, wie die Ärztin die Spritze aufzog und in Momos Nackenfell versenkte. »Brave Katze«, sagte er und klopfte mit dem Fingernagel gegen die Eierlikörflasche. »Gleich gibt's 'ne Belohnung.«

›Du trinkst doch wohl nicht etwa?‹, dachte die Ärztin.

›Ich lutsche. Das ist was anderes.‹

»Auch einen?«, fragte Henri die Ärztin und schwenkte die Flasche.

»Ich muss Autofahren, ein andermal gern.«

Henri Kuczinski erhob sich, ging zur Küche und nahm aus der Schublade des Geschirrschranks einen Briefumschlag, in dem er sein Geld verwahrte.

»Die Rechnung kommt dann mit der Post«, sagte die Ärztin.

›Es sei denn, Sie vergessen es‹, dachte die Katze.

›Kommt schon mal vor‹, dachte Frau Doktor Breihold.

*

Der erste Schnee fiel früh in diesem Jahr. Es war der erste Advent. Yvonne und Bernd Kleinfeld hatten Freunde zum Essen eingeladen. Um fünf Uhr am Nachmittag begann es zu dunkeln, das Licht der Küche fiel auf die Terrasse und ließ den nassen, pappigen Schnee glitzern. »Wir hätten besser Grünkohl mit Kochwurst machen sollen«, sagte Yvonne nach einem Blick in den Garten, »Sushi passt irgendwie nicht in die Jahreszeit.«

Bernd nickte. »Aber sie sind unsere Spezialität. Grünkohl kann jeder, aber diesen Klebreis macht dir so schnell keiner nach.«

Sie standen nebeneinander vor der Arbeitsplatte, er schnitt Thunfisch in dünne Streifen. Sie wandte ihm ihr Gesicht mit gespitzten Lippen zu. »Danke«, sagte sie und küsste ihn auf den Mund. Dann strich sie mit einer Hand, an der Reiskörner klebten, über seine Wange. Sie blieben in seinem Dreitagebart hängen.

Sie wandte sich wieder ihren California Rolls zu. Mit einem Blick aus dem Fenster sagte sie: »Wo Rosa bloß sein mag? Jetzt wird es allmählich zu kühl, um die Nächte draußen zu verbringen.«

»Sie hat ein dickes Fell! Außerdem ist sie noch jung und kerngesund, wir haben sie gegen alles Mögliche impfen lassen, ein bisschen Nachtfrost schadet ihr nicht. Wenn's zu kalt wird, wird sie schon auftauchen.«

»Wollen's hoffen. Hast du den Sake schon aus dem Keller geholt?«

Grünkohl hätte wirklich nicht gepasst, dachte Yvonne, als die drei jungen Paare später um den Tisch saßen und ihre beste Freundin die neuen weißen Möbel bewunderte. »Die sehen toll aus zu den großen japanischen Vasen, und erst recht zu diesen Bildern!« Sie betrachtete die großen Leinwände mit den schwarzen japanischen Schriftzeichen, die von der Decke bis zum Boden reichten.

Dann fiel ihr Blick auf den Jade-Buddha, der auf der

Fensterbank zwischen zwei weißen Orchideen stand. »Wie heißt der noch?«, fragte sie, »das ist doch dieser Glücks-Buddha?«

Yvonne nickte und legte ihre Essstäbchen auf dem kleinen, weißen Messerbänkchen ab. »Hotei«, sagte sie, »Hotei heißt er. Ja, der hat uns bisher nur Glück gebracht.«

Sie nahm den lachenden dicken Mann, der seine Arme hoch erhoben hatte, ins Visier. »Ich finde ihn ...« – dann unterbrach sie sich plötzlich und erhob sich aus ihrem Stuhl.

»Was ist denn?«, fragte Bernd besorgt, »ist dir unwohl?«

Sie schüttelte den Kopf und starrte zum Fenster. »Da ist sie!« Sie lief zur Terrassentür, öffnete sie, ging in die Hocke und streckte ihre Arme aus. Die Katze trat ein, gestattete Yvonne, ihr einmal kurz über den Kopf zu streichen, und ging dann zur Küche, die Teil des Esszimmers war. Sie stellte sich vor die Arbeitsplatte, auf der die Sushi-Zutaten lagen und hob den Schwanz.

Yvonne hockte immer noch in der Terrassentür und sah die Katze fassungslos an. »Sushi mochte sie schon immer am liebsten ... als ob sie's gewusst hätte.«

»Katzen haben einen siebten Sinn«, erwiderte Bernd, nahm einen Lachsstreifen und hielt ihn der Katze vor die Nase.

»Wie heißt sie?«, fragte einer der Gäste.

»Rosa«, erwiderte Bernd und ließ den Lachs zu Boden fallen. In einem Stück schlang die Katze ihn hinunter, dann sah sie mit ernsten Augen zu Bernd auf.

»Sie muss ja so hungrig sein!«, rief Yvonne und eilte hinzu. Sie nahm das Holzbrett mit dem Fisch und stellte es vor der Katze ab. »Sei nicht so knauserig!«, sagte sie zu ihrem Mann. »Wir haben genug davon im Haus.«

Alle sahen zu, wie die Katze in wenigen Augenblicken den Fisch verspeiste, sich dann in aller Ruhe umsah und zur Wendeltreppe schritt.

»Ich komme schon!«, sagte Bernd, lief die Treppe hinauf und öffnete die Schlafzimmertür. Die Katze folgte ihm gemessenen Schrittes und lag kurz darauf auf ihrem Lieblingsplatz, Yvonnes Kopfkissen. »Kotz' nicht hier hin, du Gierlappen!«, sagte Bernd leise.

Aber es war nicht leise genug. »So redet er immer mit ihr!«, sagte Yvonne empört zu ihren Gästen. »Er respektiert sie nicht. Deshalb läuft sie auch immer wieder weg. Katzen sind sen-si-bel!«

*

Die Katze blieb drei Wochen in dem japanischen Haus, die Belohnungen für ihre Gunstbezeugungen – zum Beispiel ließ sie sich von Yvonne bürsten und föhnen, wenn sie vom Schnee durchnässt aus dem Garten hereinkam – machten es ihr schwer, eine Entscheidung zu fällen: Nirgends gab es besseren Fisch als hier, darüber war sie sich im Klaren.

Dennoch machte sie sich eines Nachmittags auf zu ihren Zwillingen. Die Vorstellung, sie würden trotz der vielen Geschenke traurige Weihnachtstage verleben müssen, schlug ihr aufs Gemüt. Sie wusste, dass die Mädchen sie vermissten. Am vierten Advent, als die Großeltern nachmittags zu Besuch kamen, schritt sie gemeinsam mit ihnen durch die Haustür.

»Na hört mal«, rief die Großmutter, überwältigt vom Freudengeschrei ihrer Enkelinnen, »so sehr habt ihr mich vermisst?«

Sie sah die Katze nicht sofort, die Zwillinge hatten sich auf sie geworfen und bedeckten sie mit ihren Körpern. »Felicitas!« schrien sie, immer wieder: »Felicitas!«

»Wenigstens können wir jetzt davon ausgehen, dass die Feiertage gerettet sind«, sagte Lars abends zu seiner Frau, als die Zwillinge längst schliefen. Und zur Katze sagte er: »Du quälst unsere Kinder ganz schön – sie waren so traurig, weil sie dachten, dir sei etwas zugestoßen.«

Die Katze lag auf der Rücklehne des Sofas, ihr Schwanz baumelte herunter, die weiße Spitze zuckte hin und wieder nach links und rechts. Dazu gab sie kleine, hohe Töne von sich.

»Sie scheint von aufregenden Dingen zu träumen«,

sagte Ingemarie. »Wenn man bloß wüsste, wo sie war! Äußerlich sieht sie aus wie immer ...«

»Sie hat alles mit sich machen lassen, so lammfromm wie heute war sie noch nie«, sagte Lars und blickte zu Beas Puppenwagen, in dem die Katze durch das Haus geschoben worden war, bekleidet mit dem roten Strickrock von Beas Lieblingspuppe und einer Häkelmütze.

»Sie hat ja auch einiges gut zu machen«, erwiderte Ingemarie.

Als hätte sie es verstanden, öffnete die Katze die Augen, streckte sich und gähnte ausgiebig. Dann sprang sie von der Sofalehne herunter und lief die Treppe hinauf zum Zimmer der Kinder, dessen Tür auf Wunsch der Zwillinge angelehnt war – »falls sie bei uns schlafen will«, hatte Thea gesagt.

»Hoffentlich hat sie keine Flöhe mitgebracht«, sagte Lars.

Heiligabend fiel in diesem Jahr auf einen Mittwoch. Am Dienstagabend schon hatte Lars den Baum von der Terrasse geholt, damit die Zweige »aushängen« können, wie er sagte. Am Mittwochvormittag schmückte er zusammen mit den Zwillingen den Baum. Die Katze lag derweil vor dem Fernsehgerät, wo »Bullerbü« lief, und sah zwischen den ständig lachenden schwedischen Kindern und den glücklichen Zwillingen hin und her. Doch sie verspürte eine wachsende Unruhe.

Zunächst versuchte sie, diese zu überwinden, indem sie hin und wieder ihre Position veränderte. Dann erhob sie sich und ging zur Terrassentür, sah nach draußen in den Regen hinaus, der den Schnee in grauen Matsch verwandelte, strich Lars um die Beine, der beinahe über sie stolperte, und legte sich wieder vor den Fernseher. Doch nach kurzer Zeit verließ sie den Raum und warf einen Blick in die Küche, wo Ingemarie das Weihnachtsessen vorbereitete. Obwohl die Mutter ihr an einem solchen Tag bestimmt ein Stück Entenbrust abgegeben hätte, wenn sie darum gebettelte hätte, nahm die Katze davon Abstand. Ihr war nicht nach Entenbrust. Ihr war nach – sie wusste es selbst nicht genau. Sie wollte nur raus.

Die Gelegenheit bot sich, als Lars nach draußen ging, um einige abgeschnittene Tannenzweige zur Abfalltonne zu bringen. Die Katze stand in der offenen Haustür, ihr Schwanz schlug von links nach rechts, ihre Augen waren weit geöffnet. Dann trat sie hinaus, lief an der Hauswand entlang zur Grundstücksgrenze und sprang mit einem lockeren Satz über den Jägerzaun.

*

Der Weg durch die Gärten war unangenehm, der Schneematsch glitschig, die Gerüche des Erdbodens, die sie sonst so sicher ihren Weg finden ließen, drangen nur schwach an ihre Nase. Wenigstens lag kein Schnee, sonst hätte sie sich zweifellos verlaufen. Die Dunkelheit breitete sich rasch über Hecken und Gebüsche aus, die erleuchteten Fenster der Häuser, an denen die Katze vorbeilief, wirkten verlockend. Aus einigen drang Musik – Weihnachtslieder, manchmal von Klavierbegleitung untermalt –, in immer mehr Wohnzimmern brannten die Kerzen des Christbaums.

Vor einer Terrassentür blieb die Katze stehen und sah hinein. Die Wände des Zimmers waren mit blinkenden, farbigen Glühbirnen dekoriert, im Fenster ging eine Leuchtröhre, die »Merry X-mas« in die Nachbarschaft funkte. Als sie um das Haus herumging, schrak sie zurück: Ein leuchtender Weihnachtsmann, kaum größer als ein Kind, stand auf dem nassen Rasen und rief in kurzen Abständen »HoHoHo«, das illuminierte Rentier neben ihm bewegte sich wie ein Schaukelpferd vor und zurück.

Ihr Fell war nass, sie spürte, wie es immer schwerer wurde. Aber an eine Umkehr war nicht mehr zu denken, sie hatte bereits mehr als die Hälfte des Weges zurückgelegt. Sie wusste, dass sie sich jetzt konzentrierten musste, in wenigen Minuten würde sie die Kreuzung erreichen, auf der sie einst mit einem Auto kollidiert war. Damals herrschten weit bessere Bedingungen als heute, die Sonne schien, es war warm. Aber in ihren Gedanken war es dunkel gewesen: Sie hatte nach langem Ringen das Haus verlassen, in dem sie zur Welt gekommen war. Das Haus, in dem sie mit ihrer Mutter und ihren Geschwistern gelebt hatte.

Sie hatte sich dazu entschlossen zu gehen, obwohl es ihr eigentlich an nichts mangelte. Was sie beunruhigt hatte, war der Umstand, dass nach und nach die jungen Katzen verschwanden. Fünf waren sie ursprünglich gewesen. Die ersten beiden waren noch nicht ausgewachsen gewesen, als man sie verschenkte: Eines Tages erschienen Fremde, begutachteten die Halbwüchsigen und deuteten dann auf zwei von ihnen. Die nächste wurde ein halbes Jahr später ausgesucht, wieder streckte jemand einen Finger aus und zeigte auf eine der Katzen. Es war ihr Lieblingsbruder gewesen, dessen linkes Auge statt nach vorn zu sehen nach innen schielte. Warum ausgerechnet er? Wo mochte er jetzt wohl leben? Was waren das für Leute?

Sie ahnte, dass eines Tages auch auf sie ein Finger zeigen würde und beschloss, selbst zu entscheiden, wo sie künftig leben wollte. So verließ sie in einem unbeobachteten Augenblick das Haus.

Der Unfall war eindeutig auf ihre aufgewühlte Stimmung zurückzuführen gewesen. Sehr behutsam hatte sie Garten um Garten, Straße um Straße überquert und die Gegend hinter sich gelassen, die ihr vertraut war. Dann gab es diesen fürchterlichen Knall, und irgendwann erwachte sie in der süßlich riechenden Stube mit der laut tickenden Standuhr, Henri Kuczinski saß vor ihr und sah sie an. Wieviel Zeit seit dem Unfall vergangen war, wusste sie nicht. Sie wusste nur, dass das Glas, welches der Mann in der Hand hielt, diesen angenehmen Geruch verbreitete.

Wenn die Ärztin mit der dicken Brille sie gefragt hätte, warum sie Henri Kuczinski eines Tages verlassen hatte, sie hätte keine Antwort gewusst. Vielleicht vermisste sie das Leben, die Abwechslung, das Kommen und Gehen, Kinderstimmen, Musik. Und natürlich ihre Mutter. Eine ganz kleine Hoffnung bewahrte sie in ihrem Inneren, dass sie sie irgendwo wiedersehen könnte – vielleicht hatte sie ebenfalls das Haus verlassen und suchte nach ihr?

Bei Henri Kuczinski lief der Fernseher schon den ganzen Tag. Er hatte »Der kleine Prinz« gesehen, »Bullerbü« und »Moby Dick«. Sein Sohn hätte ihm Vorwürfe gemacht, sich an einem Tag wie diesem von der Glotze berieseln zu lassen. Aber der war ja nicht da, einen Tag vor seinem geplanten Weihnachtsbesuch hatte er telefonisch abgesagt: Eine Frau, die kürzlich in sein Leben getreten war, wollte ihn am Heiligabend ihren Eltern vorstellen. Das hatte natürlich Vorrang.

Immerhin, nun konnte man ungeniert fernsehen. Die Weihnachtswünsche des Bundespräsidenten überzeugten ihn nicht sonderlich. Ihm fiel auf, dass der Mann ihm nie direkt in die Augen sah, sondern immer knapp vorbei. Dieser Umstand irritierte ihn so sehr, dass er kaum noch auf die Worte hörte, sondern versuchte, seinen Blick einzufangen, aber es gelang ihm nicht. Vielleicht hat er einen Sehfehler, dachte er, und wenn ich jetzt nicht die Flasche wegstelle, habe ich auch bald einen. Er wollte sie gerade auf der Fensterbank abstellen, da begegnete sein Blick einem anderen Augenpaar. Es beobachtete ihn von draußen durch die Scheibe.

Rasch stellte er die Flasche auf den Tisch zurück und schlurfte zum Flur, um die Tür zu öffnen. Die Katze strich ihm zweimal um die Beine, warf sich kurz auf die Seite, damit er ihren Bauch streicheln konnte, dann lief sie zur Kellertreppe.

»Ach ja«, sagte Henri Kuczinski, »den sollten wir auch raufholen! Er hat vor ein paar Tagen seinen Winterschlaf unterbrochen. Dann kann er mit uns Sissi sehen.«

*

»Für Selbstständige ist der heilige Abend ein ganz normaler Arbeitstag«, sagte Eleonora Breihold mit Nachdruck in ihre Freisprechanlage, während sie mit ihrem alten, grünen Mercedes-Kombi vor einer roten Ampel hielt. »Und nicht nur für die«, erklärte sie ihrer Mutter weiter, »auch Verkäuferinnen, Eisenbahner, Krankenschwestern und alle möglichen Leute müssen heute arbeiten, zumindest den halben Tag lang. Aber ich werde pünktlich bei dir sein.«

Ihre Praxis war bis 16 Uhr geöffnet gewesen und wie an jedem Heiligabend herrschte großer Andrang. Vor allem Hunde mit nervösem Durchfall waren ihr vorgeführt worden. Nachdem der letzte, wild hechelnd sein Frauchen hinter sich her zerrend, die Praxis verlassen hatte, ließ die Ärztin noch einen Blick durch das leere Wartezimmer schweifen, füllte Futter für drei Tage in das Aquarium und löschte die Lichter.

Die Scheinwerfer eines Autos, das vor der Praxis hielt, erhellten plötzlich den Raum. Zwei junge Frauen sprangen heraus, klopften an der Tür und pressten ihre Nasen gegen die Scheibe. »Ein Glück, dass Sie noch da sind!«, riefen sie, nachdem die Ärztin die Tür geöffnet hatte, »wir hätten nicht gewusst, was wir machen sollen.« Eine der beiden griff in ihren Mantel und holte eine Katze hervor. »Sie ist vor ein Auto gelaufen! Da hinten bei der Abzweigung, die so schlecht beleuchtet ist. Der Typ ist einfach weiter gefahren! Da haben wir sie mitgenommen. Ich glaube nicht, dass sie was Schlimmes abgekriegt hat, aber sie sieht so komisch aus.«

Die Ärztin nahm das Tier und besah es sich genauer. Das eine Auge erwiderte ihren Blick, das andere sah weit an ihr vorbei. »Na, das wird er wohl schon vorher gehabt haben«, sagte Frau Dr. Breihold.

»Er?«

»Es ist ein Kater.«

»Und wir? Wir müssen zur Weihnachtsfeier, wir sind schon viel zu spät dran!«

»Gehen Sie nur. Ich kümmere mich um ihn.«

Während sie den schielenden Kater untersuchte und keine Verletzungen feststellen konnte, überlegte sie, was zu tun sei: Sie konnte das Tier nicht über die Feiertage in der Praxis lassen, ebensowenig konnte sie es vor die Tür setzen oder mit nach Hause nehmen. Ihr Hund mochte keine Katzen. Und dann kam ihr die Idee.

*

»Ja, ich werde pünktlich sein«, sagte Eleonore Breihold jetzt zu ihrer Mutter ins Autotelefon. »Ich muss nur noch einen kleinen Umweg fahren. Bis später!«

Das Häuschen, vor dem sie kurz darauf parkte, war kaum zu erkennen, die Gartenbeleuchtung ausgeschaltet, nur ein Fenster erleuchtet. Sie öffnete die Pforte, zögerte dann jedoch und stellte den Korb mit dem Kater neben sich ab. Der Regen war wieder in Schnee übergegangen, der Plattenweg, der zum Haus führte, glitzerte nass und glatt. ›Vielleicht schläft er schon‹, dachte sie. ›Was soll er an Heiligabend schon allein machen? Sollen wir trotzdem klingeln?‹

›Ja‹, dachte der Kater ungeduldig, ›wir sind ja deshalb hergefahren. Ich kenne den Mann zwar nicht, aber geheizt wird es da drinnen ja wohl sein.‹

Die Ärztin ergriff den Korb und ging zur Haustür.

Henri Kuczinski hörte das Klingeln nicht sofort, erst die Reaktion der Katze, die den Kopf hob und zur Tür sah, ließ ihn aufhorchen. »Der wird doch wohl nicht doch noch kommen!«, brummte er und erhob sich. »Bei dem Pech, das mein Sohn mit Frauen hat, ist nichts unmöglich.«

Die Katze spitzte die Ohren, um zu hören, was im Flur vor sich ging. Sie lag auf dem Sofa, der Igel zusammengerollt vor ihr auf dem Teppich, der laute Fernseher erschwerte das Lauschen. Eben war Sissi auf der Alm dem jungen Kaiser begegnet, ohne zu ahnen, wen sie vor sich hatte, als die Stubentür geöffnet wurde und Henri Kuczinski mit einem Katzenkorb in der Hand hereinkam. »Wir haben für ein paar Tage Gesellschaft! Sieht fast so aus wie du, guckt nur etwas schief.«

Also das finde ich wirklich nett von meinen Menschen. Ein Baum – allein für mich. Was für eine Überraschung! Seit ich bei ihnen eingezogen bin, haben sie nämlich jedes Mal die Haustür zugeknallt, wenn ich versucht habe, in den Garten zu flitzen. Und sie rufen auch immer: »Mo, Mo, komm da runter!«, wenn ich es tatsächlich mal geschafft habe an ihnen vorbeizudüsen, ab über den Rasen und ein Stück weit am Pflaumenbaum rauf. Schnell greifen mich meine Menschen dann im Nacken und sagen: »Du darfst noch nicht auf Bäume klettern, Mo. Im Frühjahr vielleicht. Aber jetzt bist du noch zu klein dafür!« So läuft es jedes Mal, wenn ich einen Ausflug mache. Sie tragen mich zurück ins Haus, setzen mich ins Körbchen und legen mir ein paar Leckerli aufs Kissen. Ja, und auch meinen Hals kraulen sie, genau da, wo ich es am liebsten habe. Dann bin ich schon gar nicht mehr so sauer. Kraulen, das können sie echt gut.

Aber neulich haben sie einen Baum in den Wintergarten gestellt. Weil irgend so ein Fest ist, hat Moppel gesagt. Dingsnachten oder so. Und dass es da für alle Kinder Geschenke gibt. Geschenke sind prima! Wenn Lina das Geschenk bekommt, das oben auf dem Bücherregal versteckt ist – und das *ich* schon gefunden habe, *sie* aber nicht, haha! – und wenn Basti das kriegt, was unter dem großen Bett liegt und bei dem ich neulich das rote Papier aufgekratzt habe – aber nur ein bisschen, ehrlich!; – um zu schauen, ob da vielleicht etwas Leckeres drin ist, muss der Baum doch das Geschenk für *mich* sein. Schließlich bin ich auch ein Kind. Ein Katzenkind, zugegeben, aber ein ganz süßes. Sagen sie ja selbst, wenn sie mich vom Pflaumenbaum holen. Und dass ich zur Familie gehöre, das sagen sie auch. Also! Dann ist der Baum für mich – und das ist doch wirklich nett.

Ute und Jörg (das sind meine großen Menschen) haben vor ein paar Tagen leise die Tür zugemacht, nachdem sie den Baum in den Wintergarten gestellt hatten. Es war der 19. Dezember. Das weiß ich, weil sich Basti und Lina darüber gestritten haben, wer die Tür vom Schokoladenparadies aufmachen darf. »19!«, schrie Basti. »Die 19 ist meine!« Adwuppskalender nennen die das. Oder so. Hat wohl auch mit diesem Weihgedingse zu tun. Ute und Jörg haben sicher gedacht, ich hätte das mit dem Baum gar nicht mitbekommen, weil ich im großen Sessel lag und so getan hab, als würde ich schlafen. Aber natürlich habe ich alles gesehen. Ich bin ja nicht dumm. Klein vielleicht. Zu klein für Pflaumenbäume. Angeblich. Ha! Wobei ich ganz schön gewachsen bin, seit ich hier zur Familie gehöre. Doch im Vergleich zu Moppel von nebenan bin ich wirklich noch ein ziemlich kleiner Kater. Schließlich ist das auch mein erstes Dingsnachtsfest und nicht das zehnte, wie bei Moppel.

Er kommt ab und zu auf ein paar Leckerli vorbei. Basti lässt ihn rein, wenn er vor der Tür maunzt. Moppel guckt dann erst mal, was in meinem Futternapf ist, aber ich lass keine Reste liegen. Nein, ich will groß werden, damit ich im Frühjahr auf den Pflaumenbaum darf. Als ich Moppel gefragt habe, hat er mir alles erklärt mit diesem Weihfestdingsen und den Geschenken, und dass Ute und Jörg mir bestimmt auch noch ein paar Spielsachen an meinen Baum hängen. Und dass sie sich besonders freuen, wenn ich bis zum Stern raufklettere, der auf die Spitze kommt. »Das schaffst du ja wohl!«, hat Moppel gesagt und ganz schnell die Pfote auf das letzte Leckerli gepatscht. »Du bist ja keine blöde Babykatze mehr, oder?« Und dabei hat er mich so komisch angegrinst. »Natürlich bin ich keine blöde Babykatze!«, habe ich ihm gesagt. »Und wenn sie sich drüber freuen, dass ich bis zum Stern komme, mach ich das natürlich. Schließlich freue ich mich ja auch, dass sie mir einen Baum schenken. Ganz für mich allein.« Moppel hat wieder gegrinst, genickt, sich noch mal an Bastis Beinen gerieben und dann ist er rüber zu den Nachbarn.

Und jetzt ist es wohl so weit. Ein Glöckchen läutet. Jörg hat mich vorhin vom Sofa geschmissen und das Wohnzimmer abgeschlossen, Ute hat den ganzen Nachmittag Päckchen und Tüten hineingeschleppt und – das Wichtigste! – der Baum ist auch da drinnen. Lina trägt ein Kleid und Basti hat sich die Hände gewaschen. Auch ich lecke vorsichtshalber noch mal über meine Pfötchen. Die Tür geht auf. Mauuu!!! Das ist wirklich eine Überraschung. Und das alles nur für mich! Kugeln und Glitzerfäden und Holzfiguren. Oh! Das schaukelt so schön, wenn ich mit der Pfote dagegentippe. Das ist toll. Aber Moppel hat ja gesagt, dass sie sich besonders freuen, wenn ich bis ganz nach oben klettere.

Hoch zum Stern …

»Jörg, der Kater!«

Uiii, das ist aber sehr hoch.

»Mensch, Jörg, guck doch!!«

Und ganz schön wackelig.

»Jörg, tu doch was!!!«

Aber bevor Jörg mich vom Baum holen kann, tut sich schon von selber was. Ich hab mich nämlich mittendrin verheddert. Und nun fängt der Baum an zu kippen.

Patsch! Genau auf den Tisch.

Jippiiieh – hinein ins Essen! Auch gut. Ich bin ja so hungrig.

»O nein, auch das noch! Jetzt sitzt er mitten im Salat und frisst den Hering raus!«

Ich verstehe Utes Aufregung nicht. Ich bin schließlich ganz schön weit gekommen, dafür dass ich so klein bin. Eigentlich müsste sie sich trotzdem freuen, auch wenn's nicht bis zum Stern war. Habe ich mir dafür nicht eine Belohnung verdient? Schließlich ist Adwuppsnachtsdingsfest. Und der Fisch ist echt lecker! »Ach, Mama«, sagt Basti, »lass ihn. Mo gehört doch dazu. Außerdem ist er noch sooo klein. Es ist sein erstes Weihnachten.« Er holt mich aus der Salatschüssel, nimmt eine Serviette und putzt mir rote Soße aus dem Fell. Als ob ich das nicht selbst könnte. Aber ich sage mal nichts. Sonst merkt er noch, dass ich sooo klein nun auch wieder nicht bin. Ich halte still und schnurre ein bisschen. Und wenn meine Menschen genau hinhören, könnten sie mitbekommen, dass ich mich echt bemühe, um aus meinem Schnurren eine Melodie zu machen, die so ähnlich klingt wie das »O Tannenbaum« aus dem Radio.

## DETLEF BLUHM | Bruder Medardus

*Der Heilige Abend*

Das Kloster der Benediktiner erhebt sich wie eine Trutzburg weithin sichtbar auf der rauen Hochebene. In den unterhalb der Abtei gelegenen Dörfern wütet die Pest, lange Winter und nasskalte Sommer haben in den letzten Jahren die Ernteerträge stark geschmälert. Sie reichen kaum zum Überleben und für das Saatgut, das im Frühjahr benötigt wird. Die Menschen im Land darben. Nicht so die Mönche. Auf ihnen scheint der Segen Gottes zu liegen. Jedenfalls sind ihre Vorratskammern noch gut gefüllt.

Nach dem Morgenmahl steigt Bruder Medardus auf den Dachboden des Klosters, um die Katzen zu füttern. Er kann seinen Arbeitstag nicht beginnen, ohne den Tieren diesen Dienst erwiesen und sich um ihr Wohl gekümmert zu haben. Der hochgewachsene und korpulent gebaute, ja fast massige Mönch legt vor der Treppe zum Boden schnaufend eine Pause ein und stellt den Eimer mit Küchenabfällen ab. Viel ist es ja nicht, was er für die hungrigen Mäuler in der Fastenzeit ergattern konnte, am Morgen des 24. Dezember Anno

Domini 1485. Er hört die Katzen auf dem Holzboden schon kratzen und schreien, sie haben ihn längst bemerkt. Aber auch ihm knurrt der Magen. Seit einem Monat fasten die Mönche bereits. Wie in jedem Jahr vor Weihnachten und überall in den Klöstern. Bis vor zwei Tagen haben wenigstens noch Salzbrezeln, Lebkuchen und leichtes Fastenbier auf dem Tisch gestanden. Gestern jedoch gab es nichts als dünne Suppe, trockenes Brot und Wasser. Heute ist es um den Speiseplan nicht besser bestellt. *Was soll da für die Katzen übrig bleiben?*

Medardus zählt mit seinen fünfundsechzig Jahren zu den Alten der Abtei. Nach fast zwei Jahrzehnten im Scriptorium hatte ihm der Abt nach dem Tod des Bibliothekars vor mehr als fünf Jahren überraschend dessen Amt anvertraut und ihn drei Jahre später außerdem als Prior eingesetzt. Diese beiden Ernennungen haben bei einer Mehrheit der Mönche heimliches Murren ausgelöst. Ist es doch ein offenes Geheimnis, dass Bruder Medardus und der Medicus gemeinsam mit einigen anderen Hussiten auf der Flucht vor der Inquisition im Kloster Unterschlupf gefunden hatten. Dies liegt zwar schon viele Jahre zurück, ist jedoch bis heute nicht vergessen. Einige Mäuler wollen sogar wissen, dass der Abt die Gruppe der Abtrünnigen nur um des Medicus willen aufgenommen habe. Franz, so der Name des böhmischen Priesters, hatte trotz des päpstlichen Chirurgieverbots für Mönche und Geistliche an der medizinischen Fakultät der Prager Universität promoviert und sich anschließend als Arzt über die Stadt hinaus einen ansehnlichen Ruf erworben, bis er mit anderen Brüdern zur Flucht gezwungen wurde.

Bruder Medardus denkt selten an diese Zeit zurück. Aber die Katzen erinnern ihn oft an seine ersten Monate im Kloster. Er hat sich damals schnell mit ihnen angefreundet. Die Mäusejäger sind wohl schon immer morgens und abends auf dem Dachboden anzutreffen, wo sie begierig ihre Zufütterung erwarten. Trotz seiner jetzt einflussreichen und beneideten Stellung vergisst Bruder Medardus die Klosterkatzen nie. Jeden Morgen und jeden Abend, nach der ersten und nach der letzten Mahlzeit des Tages steigt der Stellvertreter des Abtes die Treppen bis zum Dachstuhl empor, um sie zu füttern.

Im Osten taucht am Horizont der Streif der Morgendämmerung auf. Aber noch steht der Vollmond hoch über der verschneiten Landschaft. Draußen herrscht eine Eiseskälte; hier oben ist es nicht viel wärmer. Bruder Medardus denkt an die Menschen in den umliegenden Dörfern, an ihren Hunger und ihr Leid. *Auf ihre Kosten geht es uns gut, sogar in der Fastenzeit. Und dank unserer Katzen ist der Mäusefraß in unseren Kellern kaum bemerkbar.* Aber diese Gedanken, dazu muss er sich immer wieder ermahnen, darf er nie aussprechen. Die Zeit der Hussiten liegt lange zurück. Wie die Armutsorden vor ihnen sind sie als Ketzer verschrien und wurden in unzähligen Scharmützeln mit der Papstkirche zerrieben. Heutzutage gefällt sich die Kirche lieber in Pracht und Größe, nicht in Demut und Verzicht.

Bruder Medardus steigt die Treppe zum Dachboden hoch und wird von zwölf Katzen schreiend begrüßt.

»Morgen«, murmelt er leise vor sich hin. »Morgen wird ein Festtag. Dann ist die Fastenzeit vorbei.«

Die beiden dreifarbigen Katzen lecken ohne Begeisterung an den feuchten Brotresten. Alle anderen schnuppern nur kurz an dem Fraß, schütteln ihre rechte Vorderpfote und lagern sich abseits der Fressnäpfe, tief beleidigt, als hätte er ihnen Verfaultes in die Schalen getan. Doch der Graue bereitet Bruder Medardus wirklich Kummer, der älteste von allen. Er liegt, kaum sichtbar, in einer Ecke des Dachstuhls unter einem schrägen Balken und kommt nicht hervor. Der Mönch hockt sich vor ihn und streichelt ihm sanft den Kopf. *Sein Fell ist stumpf geworden*, denkt Medardus. Der Graue bleibt liegen, leckt jedoch mit seiner rauen Zunge schnurrend die Finger des Mönchs.

»Bist schon fast siebzehn Jahre hier«, flüstert Bruder Medardus ihm zu. »Als ich dich und deine Geschwister zum ersten Mal gesehen habe, da hattet ihr noch nicht die Augen auf.« Die Brüder und Schwestern des alten Katers sind längst nicht mehr auf dieser Welt. Medardus möchte es nicht aussprechen, nicht einmal denken, aber die Tage des Grauen sind wohl gezählt. Ihm kommt ein Vers aus dem Kohelet in den Sinn. *Wer weiß, ob die Seele der Menschenkinder emporsteigt, die Seele des Tieres aber unter die Erde hinabfährt?*

Bruder Medardus geht zurück zu den anderen Katzen, die jetzt in der Mitte des Raumes auf ihn warten. Er kniet sich auf die harten Eichenbohlen und wird von allen umkreist. Sie reiben ihre Köpfe an seinen Oberschenkeln, seinem Rücken und strecken sich seinen kräftigen Händen entgegen. Wenig später läutet die Turmglocke zum nächsten Stundengebet. Er muss sich jetzt eilen. Der Herr Abt duldet keine Nachzügler, auch wenn er durch seine plötzlich aufgetretene Krankheit sichtlich geschwächt ist.

*Morgen*, freut sich Medardus beim Abstieg zur Abteikirche, *morgen wird ordentlich aufgetischt. Dann wird der Eber gebraten, rogenreicher Hering wird fett in den Schüsseln liegen, dicke Bohnensuppe und Linsen werden in den Tellern dampfen und der Küchenbruder wird überdies mit frisch gebackenem Brot und Salz sowie mit süßen Äpfeln aufwarten. Und dazu das dunkle Starkbier …*

Im Kukullenraum erwartet ihn Bruder Franz, der Medicus des Klosters, schon ungeduldig.

»Der Zustand unseres Herrn Abtes hat sich verschlechtert. Ich musste ihn vorhin zur Ader lassen. Er lässt ausrichten, dass du das Konventamt zu leiten hast. Und suche ihn gleich danach auf. Ich habe den Herrn Abt im Krankensaal untergebracht. Da liegt, Gott sei Dank, niemand außer ihm.«

Bruder Medardus spürt, wie sich sein Herzschlag beschleunigt. *Ausgerechnet jetzt diese Verantwortung, den Herrn Abt vertreten zu müssen!* Schon heute wird, wohl um die Mittagszeit, Konrad von Münster im Kloster eintreffen. Der scharfzüngigste Prediger im Heiligen Römischen Reich Deutscher Nation. Ein Pferdebote hat sein Eintreffen angekündigt. Medardus streift sich schnell das liturgische Gewand über, das für die Zelebration des Konventamtes vorgeschrieben ist. Er hat jetzt keine Ruhe zum Nachdenken und verlässt den Raum. Sein alter Weggefährte, Bruder Albert, einer der Scriptoren des Klosters, hält Medardus am Ausgang des Kukullenraums auf und flüstert ihm zu, er sei mit der Abschrift fertig, Medardus könne sie nach dem Konventamt in Empfang nehmen. Die auf feinstem Pergament geschriebene und prächtig illustrierte Kopie der päpstlichen Bulle *Summis desiderantes affectibus* ist ein vom Abt in Auftrag gegebenes Geschenk für Konrad von Münster, dessen Besuch dem Kloster schon vor Wochen angekündigt worden war. Bruder Medardus nickt dem Scriptor unwirsch zu. Er würde die Bulle am liebsten den Flammen übergeben. Aber das hätte sehr unangenehme Folgen für ihn.

Nur ein paar Kerzen leuchten im Statio, der nordöstlichen Verlängerung des Kreuzganges, die zum Eingang der Kirche führt. Dort stehen die Mönche im flackernden Dämmerlicht in mehreren Reihen hintereinander. Am Eingang zur Abteikirche wird Bruder Medardus vom Türöffner bereits ungeduldig erwartet. Der wechselnde Dienst des Ostiariers wird in dieser Woche von Bruder Clemens wahrgenommen. Als Medardus ihm zunickt, nimmt der Bruder eine kleine Glocke zur Hand und lässt sie hell im Statio erklingen. Die Mönche ziehen sich nun die Kapuzen ihrer Kukullen über den Kopf, und der Ostiarier öffnet die schwere Holztür. In einer langen Prozession betreten sie gemessenen Schrittes die Abteikirche. Es ist so kalt, dass ihr Atem als blasser Dampf sichtbar wird. Bruder Medardus intoniert inbrünstig den Hilferuf, mit dem jedes Stundengebet eingeleitet wird:

»O Gott, komm mir zu Hilfe.«

Und der Chor der Mönche antwortet:

»Herr, eile, mir zu helfen.«

Nach dem Gottesdienst begibt sich Bruder Medardus zum Krankensaal, der in einem separaten Gebäude, dem Infirmarium, eingerichtet ist. Im Haus für die kranken Brüder befinden sich außerdem eine Kapelle, eine Küche mit Refektorium, die Wärme- und Badestube, der Aderlassraum sowie eine gesonderte Latrine. Auch die Apotheke ist dort untergebracht.

Wie überall im Kloster ist zur Weihnachtszeit auch das Infirmarium mit Tannengrün geschmückt. Der aus heidnischer Zeit stammende Brauch beschwört in den kältesten Tagen des Jahres die Wiederkehr des Sommers und ist ein Symbol der Hoffnung auf die erlösende Heilstat Jesu Christi und die Auferstehung zum ewigen Leben.

Der Abt liegt unter schweren Decken. Schweißtropfen bedecken seine Stirn, die Augen sind eingefallen und gerötet. Bruder Medardus muss sich tief hinunterbeugen, um ihn zu verstehen.

»Ist die Bulle fertig?«

»Ja, Herr Abt. Bruder Albert hat Euren Auftrag rechtzeitig vollendet.«

»Gott sei Dank. Aber sieh dich vor, Bruder Medardus. Und hüte deine Zunge vor Konrad von Münster. Kein Wort von den Katzen. Unter keinen Umständen, hast du mich verstanden? Du weißt, wie heftig der Prediger die Mäusevertilger hasst. Er ist mächtig und einflussreich, unterschätze ihn nicht. Und den Medicus bekommt er am besten gar nicht zu Gesicht.«

Der Atem des Todkranken geht stoßweise. Das Sprechen strengt ihn an. *Auch du wirst bald zum Herrn gehen*, denkt Medardus und versichert dem Abt, dass er sehr vorsichtig sein und den anderen Brüdern verbieten wird, mit dem Prediger aus Münster zu reden.

»Der Herr sei mit dir.«

Der Abt versucht, seinen rechten Arm zum Segen zu erheben, aber er ist zu schwach.

Das Scriptorium ist der hellste Raum des Klosters. Acht Mönche sitzen an ihren Pulten, die zugeschnittenen Pergamente sind mit dünnen Holzstäben befestigt. So bleiben sie glatt und können bei der Beschriftung und Bemalung nicht verrutschen. Neben den Mönchen sind die zu kopierenden Werke mit schmalen Lederriemen an einem Lesepult fixiert. Das Tageslicht fällt durch die hohen Fenster auf die Arbeitstische der Mönche und ihre Lesepulte. Wenn es dämmert oder dunkle Wolkenschichten den Himmel verfinstern, wird die Arbeit unterbrochen. Denn es ist streng verboten im Scriptorium, das neben der Bibliothek eingerichtet ist, Kerzen anzuzünden. Schon manches Kloster ist in Flammen aufgegangen, weil dieses Verbot missachtet wurde.

In der Mitte des Raumes steht ein langer Holztisch.

Auf ihm liegen die Bücher, die den Mönchen zum Nachschlagen dienen. Dort zeigt Bruder Albert dem Prior seine Kopie der päpstlichen Bulle. Zwölf an den Rändern reich illustrierte Blätter, mit kräftigen Fäden geheftet und in dickes Leder gebunden. *Summis desiderantes affectibus. In unserem sehnlichsten Wunsche.* So beginnt die Bulle, und so wird sie auch genannt. Die *Hexenbulle.* Medardus schlägt Blatt für Blatt auf. Bruder Albert hat mit Illustrationen wahrlich nicht gegeizt. Brennende Scheiterhaufen, prächtige Büßer-Prozessionen, Hexen in vielerlei Gestalten. An der Stelle, wo Papst Innozenz VIII. Katzen zu »heidnischen Tieren« erklärt, »die mit dem Teufel im Bunde stehen«, hat Bruder Albert eine Katze gemalt, die vor einem Haufen getöteter Ratten kauert. *Das ist gewagt*, denkt Medardus. In der Bulle, die der Papst vor fast einem Jahr verkündet hat, bezieht sich Innozenz VIII. auf Berthold von Regensburg, der schon vor mehr als zweihundert Jahren gegen Katzen gepredigt hat: »Der Atem, der aus ihrem Halse geht, ist die Pest; und wenn sie Wasser trinkt und es fällt eine Träne aus ihren Augen, so ist die Quelle verdorben: Jeder der fortan aus ihr trinkt, erfährt den gewissen Tod.« Neben diesem Satz ist in leuchtenden Farben ein Jungbrunnen zu sehen. An seinem Rand hockt eine graue Katze und starrt ins Wasser. Greise Frauen und Männer schreiten in das Wasser und entsteigen ihm als Jungen und

Mädchen. *Das ist mehr als gewagt*, denkt Medardus. *Das ist eine unverhüllte Frechheit. Aber hat nicht Papst Gregor I. dereinst das Halten von Katzen in Klöstern ausdrücklich gestattet? Und haben nicht Katzen schon immer in Klöstern gewohnt und die Erträge der Brüder vor den lästigen Nagern geschützt?*

Medardus ist sehr einverstanden mit der Kopie der Bulle. Er lächelt Bruder Albert verschwörerisch zu, nimmt die Abschrift und trägt sie in die Arbeitsstube des Abtes. *Soll doch Konrad von Münster vor Wut über die Illustrationen ersticken!* Er betrachtet noch einmal Seite um Seite, bis er das Geräusch trappelnder Pferdehufe auf dem gepflasterten Hof vernimmt. Er hört auch das Poltern eisenbeschlagener Wagenräder und verlässt die Gemächer des Abtes, um Konrad von Münster zu empfangen. Fast zwanzig Soldaten eskortieren die Kutsche des Predigers, von dem es heißt, er sei einer der engsten Vertrauten von Papst Innozenz VIII.

Er ist schmalwüchsig, dieser Konrad von Münster, klein und hager. Die Augen liegen tief in seinem knochigen Gesicht, aber aus ihnen strahlt das Feuer heiligen Eifers. Wie aus einem Kerker befreit, verlässt er nach mühsamer Reise die Kutsche, geht mit festem Schritt auf Bruder Medardus zu und tauscht mit ihm den Bruderkuss. Bald sitzen die beiden im Gästetrakt des Klosters beisammen, und Bruder Medardus staunt nicht schlecht, welche Köstlichkeiten der Adlatus des Predigers aus der großen Vorratstruhe zu Tage bringt, die zwei Soldaten stöhnend von der Kutsche abgeladen und in die Gastkammer geschafft haben.

»Weißt du denn nicht«, sagt Konrad von Münster, als er das bestürzte Gesicht des Priors bemerkt, »dass das Fastengebot nicht für Reisende gilt? Jedenfalls nicht für diejenigen, die eine so beschwerliche und lange Fahrt im Dienste der Kirche auf sich genommen haben?«

Bruder Medardus hat in seinem Leben noch nichts von einer derartigen Ausnahme vom Fastengebot gehört, aber er reist auch nie und senkt demütig den Kopf.

»Und da es sich nicht schickt«, fährt Konrad von Münster fort, »vor den Augen eines hungernden Bruders zu speisen, entbinde ich dich vom Fasten. Greif zu, nimm auch von dem guten Roten. Lass dich nicht zweimal bitten und sei unserem Herrn und Gott dankbar.«

Auf seinen Wink hin legt der Gehilfe des Predigers Teller und Besteck vor Medardus auf.

»Mit Eurer Güte«, antwortet Bruder Medardus lächelnd, »werde ich für einen geschwächten Bruder nehmen, damit Eure Großzügigkeit nicht ins Leere geht.«

Die Nasenflügel des Predigers zucken missfällig. Was erdreistet sich dieser Mönch, seine Einladung zum gemeinsamen Mahl auszuschlagen und damit ihn, Konrad von Münster, der im Namen des Allmächtigen von Kloster zu Kloster und von Stadt zu Stadt reist, ins Unrecht zu setzen?

»Wie dir beliebt«, sagt der Prediger mit spitzer Stimme. »Nimm, nimm so viel du tragen kannst. Ich bin jetzt von der Reise ermüdet und möchte bis zum Vespergottesdienst ruhen. Wenn der Herr uns gnädig ist, werde ich morgen im heiligen Konventamt Seine Worte zum Weihnachtsfest verkünden.«

Bruder Medardus nickt und füllt schweigend die Teller. Den Wein rührt er nicht an.

Nach der Komplet, dem letzten Stundengebet des Tages, wartet Bruder Medardus, bis Ruhe im Kloster eingekehrt ist. Dann macht er sich auf den Weg zum Dachboden. Heute Abend ist der Eimer für die Katzen mit Leckereien gefüllt. Medardus hat im Lauf der Zeit eine flinke Routine beim Verteilen der hölzernen Fressnäpfe entwickelt. Wie ausgehungert machen sich die Katzen über Fisch und Huhn, Eier und Speckbohnen her. Als Medardus noch überlegt, ob er die Futterschüssel des Grauen in die Ecke stellen soll, die der Kater seit heute früh nicht verlassen zu haben scheint, beobachtet er etwas nie Gesehenes. Die kleine schwarze Katze mit den weißen Pfoten packt mit ihren Reißzähnen das größte Stück Hühnerbrust, das sie in ihrem Napf finden kann. Aber anstatt zu fressen, trägt sie den Leckerbissen in die Ecke, in die sich der Graue zurückgezogen hat. Dort zerbeißt sie das weiße Fleisch in kleine Stücke und legt sie dem Kater vor. Ab und zu schaut sie kurz hinter sich, achtet darauf, dass sich kein anderes Katzentier nähert, um die Happen zu stibitzen. Der Graue hat die Katze bemerkt, aber er frißt nicht. Er liegt auf der Seite, und sein Atem geht schnell. Als Bruder Medardus auf ihn zugeht, faucht die Katze.

»Bist eine gute Katze«, spricht Medardus leise auf sie ein. »Versorgst deinen kranken Freund mit Futter. Und verteidigst es gegen die Habgier der anderen. Hat man dergleichen je gesehen?«

Nach einer Weile sammelt er die leeren Fressnäpfe ein. Das Futter der Schwarzen haben die anderen Katzen gefressen. Zwei von ihnen wollen nun auch die Bruststücke ergattern, die unberührt vor dem Grauen liegen. Aber die schwarze Katze vertreibt sie fauchend und spuckend.

## *Weihnachten*

Die Mönche sitzen sich im Chor gegenüber. Das aus schwarzem Holz geschnitzte Gestühl ist dreireihig gestuft und reich verziert. Zu jeder Tageszeit herrscht Dämmerlicht in der Kirche, denn ihre spitz zulaufenden Fenster schildern die Passion Christi in dunkelgetönten Glasfassungen. Im Wechselgesang intonieren die Brüder zum heiligen Konventamt den 139. Psalm Davids:

> Danket dem Herrn, denn er ist gütig,
> denn seine Huld währt ewig!
> Danket dem Gott aller Götter,
> denn seine Huld währt ewig!
> Danket dem Herrn aller Herren,
> denn seine Huld währt ewig!

Zum Schluss der Psalmodie erhebt sich Konrad von Münster und schreitet zur Kanzelsäule. Während er Stufe um Stufe erklimmt, bis der Ort erreicht ist, der jeden Prediger weit über die Schar der Gläubigen erhebt, herrscht erwartungsvolle Stille.

Konrad von Münster predigt mit mahnender Stimme. Er besitzt die Gabe, seine Zuhörer in Bann zu schlagen. Die Bedrohung des christlichen Glaubens an den einen dreifaltigen Gott durch Ketzer, Hexen und Irrlehren, die Heimsuchung des Landes durch die Pest als gerechte Strafe Gottes, die Verheißung ewiger Höllenqualen für Feinde der Kirche und Abtrünnige von der wahren katholischen Lehre – all dies versteht Konrad von Münster in grellen Farben und schrecklichen Bildern anschaulich auszumalen. Als er gegen die Katzen als Hexentier, Pestbringer und Verkörperung dämonischer Mächte hetzt, blicken einige Mönche vielsagend auf den Stellvertreter des Abtes.

Bruder Medardus ist über die Predigt entsetzt. Nur Schmähungen, Drohungen und Hasstiraden. An Weihnachten! Kaum ein Wort von der Barmherzigkeit des Allmächtigen, von der Liebe Jesu, vom Heil, das der Sohn Gottes durch seinen Kreuzestod in die Welt gebracht hat.

»Pestprediger!«

Nur dieses eine Wort spricht Bruder Medardus leise aus, und lediglich einige Brüder können es hören. Sie bekreuzigen sich erschrocken, flüstern mit ihren Nachbarn, und im Nu hat die ganze Seite des Chores das abfällige Urteil des Priors vernommen. Noch bevor das letzte *Amen* gesprochen ist, hat auch die andere Hälfte der Brüder von der Schmähung des hohen Gastes erfahren.

Nach dem Gottesdienst begeben sich die Mönche in den Konventsaal, in dem sie sich jeden Sonntag versammeln. Bruder Medardus ist sich sicher, dass irgendein Neider unter seinen Brüdern Konrad von Münster das unbedacht ausgesprochene Wort vom *Pestprediger* zutragen wird. Und er weiß, dass dann für ihn und das Kloster viel auf dem Spiel steht. Konrad von Münster ist kein Mann der Kirche, der Milde walten lässt, wenn er angegriffen wird. Der Abt hat ihn ja gewarnt, vergeblich. *Aber noch*, denkt Medardus, *bin ich der Prior, der Stellvertreter des Abtes. Und ich werde mir das Heft nicht aus der Hand nehmen lassen.*

An normalen Sonntagen beginnen die Mönche beim Eintritt in den hohen, mit Deckenfresken ausgemalten Konventsaal miteinander zu reden. Auf dem Weg von der Kirche durch den Kreuzgang bis zum Konventsaal gilt ein Schweigegebot. Im Konventsaal wird es dann aber schnell laut. Doch heute ist kein normaler Tag. Niemand wagt ein Wort. Die Mönche nehmen auf ihren angestammten Stühlen Platz und warten ab. Die meisten von ihnen halten den Kopf gesenkt.

»Ehrwürdiger Konrad von Münster«, Bruder Medardus eröffnet das Gespräch mit fester Stimme. »Wir danken Euch sehr für die klaren und mahnenden Worte, die wir alle mit großem Gewinn vernommen haben. Allein eine Frage hat sich in mir festgebohrt, zu der ich Euch um weitere Ausführungen bitte, wenn es Euch gefällt.«

Konrad von Münster schaut Medardus mit funkelnden Augen an. Natürlich hat ihm ein Mönch das Wort vom *Pestprediger* hinterbracht. Er nickt dem Stellvertreter des Abtes nur mühsam beherrscht zu.

»Verehrter Konrad von Münster, Katzen sind in der Heiligen Schrift nicht erwähnt und zählen somit nicht zu den unreinen Tieren, die allesamt im Alten Testament aufgeführt sind. Wie also kommt es zu der Anschauung, es handele sich bei ihnen um heidnische Tiere, die mit dem Teufel im Bunde stehen?«

Die Belesenen unter den Brüdern zucken bei dieser Frage zusammen. Sie kennen den Text der Bulle. Die niedergeschriebenen Papstworte als *Anschauung* zu bezeichnen, ist mehr als riskant.

»Nun, Ihr vergesst das Buch *Baruch*«, erwidert Konrad von Münster mit spöttischer Überheblichkeit. »Es zählt sehr wohl zur den heiligen Schriften des Alten Testaments. In ihm warnt der Prophet Jeremia sein Volk vor den Götterbildern der Babylonier: ›Auf ihrem Körper und auf ihrem Kopf lassen sich Fledermäuse, Schwalben und andere Vögel nieder, ebenso auch Katzen. Daran erkennt ihr, daß sie keine Götter sind.‹«

Einige Mönche nicken. Sie kennen diesen Vers.

»Daraus geht lediglich hervor, dass die steinernen Götterbilder der Babylonier keine Götter sind«, gibt Bruder Medardus zu bedenken. »Gegen die Tiere, die sich auf diesen Steinhaufen niederlassen, wird nichts gesagt. Man zählt ja deshalb auch Schwalben nicht zu den heidnischen Tieren. Aber lasst mich eine weitere Frage stellen. In den Ländern der Götzendiener haben die ersten christlichen Eremiten oft ganz allein gelebt. Nicht wie wir Heutigen in einer klösterlichen Gemeinschaft. Viele von ihnen, so wird überliefert, haben ihr Leben mit Katzen geteilt. Haben sich die ersten Heiligen unseres Glaubens mit dem Teufel verbunden?«

Konrad von Münster runzelt ärgerlich die Stirn. Er ist es nicht gewohnt, in dieser Weise befragt zu werden. Aber er antwortet Bruder Medardus.

»Von den Kirchenvätern lernen wir, dass ein Zusammenleben mit Katzen verderblich für den Glauben ist. Abt Ermoldus berichtet von einem Eremiten, der sein ganzes Leben auf den Herrn ausgerichtet hat und eine derartige Vollendung erreichte, dass er einer Vison Christi teilhaftig wurde. Doch dann trat eine Katze in sein Leben und der Eremit verlor die Fähigkeit zur visionären Schau. Ermoldus schließt seinen Bericht mit den Worten: ›Niemals sei es der kleinen Bestie, durch die so viel Böses eintrat, erlaubt, unsere Schwelle zu übertreten.‹«

Konrad von Münster möchte jetzt den aus seiner Sicht überflüssigen und lästigen Disput beenden, aber Bruder Medardus fährt ihm respektlos über den Mund.

»Verzeiht, hochwürdiger Konrad von Münster, aber der überaus gelehrte und weise Giraldus Cambrensis beschreibt in seinem Monumentalwerk *De instructione principis* einen Eremiten, der sich nach Arbeit und Gebet im Spiel mit seiner Katze erholte. Und er kann darin keinen Makel erkennen. Weshalb auch? Schließlich kämpfen die Katzen erfolgreich unsere vergeblichen Schlachten gegen die erbärmlichen und schädlichen Nager.«

Nun ist es an den Mönchen, sich über Bruder Medardus zu wundern. Heißt es nicht, er hätte niemals den Fuß in eine Universität gesetzt? Wie kann er dann aus einem lateinischen Werk zitieren? Ein Raunen geht durch den Konventsaal. Nicht wenige Mönche sind plötzlich stolz auf ihren Bruder, der so wortgewandt mit dem berühmten Prediger parliert. Konrad von Münster bleibt dies nicht verborgen. Seine Augen werden schmal, er zischt Medardus an.

»Das ist eine vom Teufel in Umlauf gebrachte Mär. Katzen verderben Wasser und Speisen. Allein ihre Berührung verwandelt jegliche Nahrung in Gift. Dies ist so vielfach bezeugt, dass auch einige wenige, anderslautende und aus dem Zusammenhang gerissene Stimmen an dieser Wahrheit nichts ändern können!«

Bruder Medardus zwingt sich zu einer ruhigen Entgegnung.

»Kein Geringerer als Papst Gregor I., den wir aus gutem Grund auch Gregor den Großen nennen, hat den Klöstern ausdrücklich erlaubt, Katzen zu halten. Dies nicht, weil er Katzen liebte, sondern weil er wusste, dass diese Tiere die Vorräte der Klöster wirksam zu beschützen in der Lage sind.«

Einige Mönche, vor allem der Medicus und der Cellerar sowie die Scriptoren bekräftigen das Argument ihres Bruders durch ein lautes *Amen*, das ein allgemein beifälliges Murmeln nach sich zieht. Zwar schätzen nicht alle Brüder die Zuneigung des Medardus zu den Katzen. Aber dass diese fleißigen Biester den Ratten und Mäusen ordentlich zusetzen, ist allen durch eigene Anschauung geläufig. Dazu braucht es keine gelehrten Beweise.

Konrad von Münster zittert innerlich vor Wut. Dieser einfältige Mönch schafft es tatsächlich, Stimmung gegen ihn zu machen! Aber er holt noch einmal kräftig aus.

»Kaum jemand anderes hat sich in der segensreichen Geschichte unserer heiligen katholischen Kirche mehr mit den Katzen beschäftigt, als die von uns zu Recht als Heilige verehrte benediktinische Glaubensschwester Hildegard von Bingen. Ihr ganzes Wissen über die Katze hat sie in ihrem Werk *Physica* niedergelegt. Dort heißt es: ›Die Katze zieht die schlechten Säfte an; sie ist auf natürliche Weise mit der Kröte und der Schlange verbunden. Mitten in den Sommermonaten, wenn es am heißesten ist, ist die Katze nämlich trocken und kalt und schleckt gern Kröten oder Schlangen ab, um sich an ihrem Saft zu laben, der für sie ein Lebensmittel ist; anders könne sie nicht überleben, sondern sie ginge zugrunde. Und von diesem Saft ist sie sozusagen innerlich giftig; ihr Hirn und Fleisch werden giftig.‹ So, das soll aber für heute genügen. Wir sollten uns dem Herrn zuwenden, anstatt über Dinge zu streiten, die die Heilige Kirche längst endgültig entschieden hat, zuletzt in der päpstlichen Bulle *Summis desiderantes affectibus.*«

Bruder Medardus senkt demütig den Kopf, erhebt sich und lässt sich die Abschrift der Bulle reichen.

»Nehmt dies, verehrter Konrad von Münster, als Zeichen unseres Dankes für Eure Anwesenheit in unserem Kloster. Es ist eine Abschrift der von Euch eben genannten Bulle, auf feinstem Pergament und mit prächtigen Bildern unserer besten Illustratoren.«

Überrascht und etwas milder gestimmt nimmt Konrad von Münster die Abschrift entgegen. Bruder Medardus aber kann nicht anders, als noch eine Bemerkung anzubringen.

»Seien wir gemeinsam froh, dass dieses herrliche Buch nicht dem Mäusefraß zum Opfer gefallen ist. Wir wissen ja, dass die unbarmherzigen Nager selbst vor Pergament und Papyrus nicht haltmachen.«

Es sind nicht diese Worte, die Konrad von Münster erneut in Wut versetzen, es sind die Illustrationen der kostbaren Kopie. Als er die Katzenzeichnungen sieht, springt er auf und stürmt wortlos aus dem Konventsaal. Wenig später berichtet der Pförtner des Klosters den Mönchen, dass der Prediger seine Soldaten und Diener zusammengerufen und die sofortige Abreise befohlen hat.

Bruder Medardus weiß, dass er den Bogen überspannt hat. Er hat ein Gewitter heraufbeschworen, das sich mit Wucht über dem Kloster entladen wird. Dennoch ist ihm nicht bange. Im Gegenteil! Selten hat er sich so gelöst, ja sogar heiter gefühlt. Er sieht sich im Kreis der Brüder um und schaut in Gesichter, die ihn mit Bewunderung betrachten. Ihnen ist anzusehen, dass sie stolz auf Medardus sind, jedenfalls die meisten. Als die Turmglocke ertönt, steht Bruder Medardus auf. Es ist Zeit für das mittägliche Stundengebet. Und mit ihm ziehen die Mönche schweigend durch den Kreuzgang in die eiseskalte Abteikirche.

Beim Einzug der Mönche in das Refektorium stehen die Schüsseln mit dem dampfenden Mittagsmahl bereits auf den Tischen. Das Ende der Fastenzeit ist gekommen! Die Küchenbrüder haben gekocht, gebraten und gesotten, was der Vorratskeller hergibt. Bruder Medardus nimmt den Platz des Abtes unter dem Kruzifix ein und klopft nach dem gemeinsamen Dank zum Beginn der Mittagsmahlzeit mit einem geweihten Bernstein auf den Tisch. Die Mönche dürfen nun zugreifen, und im Nu füllen sich ihre leeren Mägen mit den köstlichsten Speisen, mit Wein und Starkbier.

Bruder Medardus muss plötzlich an die Katze denken, die Schwarze mit den weißen Pfoten, die heute früh neben dem Grauen gehockt hat, als wolle sie ihn beschützen, die gestern Abend dem kranken Kater von ihrem Futter abgegeben hat. *Das ist Nächstenliebe!* Und dabei kommt ihm ein Gedanke in den Sinn, ein so ungeheuerlicher, gänzlich neuer Gedanke, dass es ihn kurz schwindelt. Er legt seinen Esslöffel auf den Tisch und betrachtet seine Brüder, wie sie fröhlich essen und trinken, sich ordentlich sättigen nach der langen Zeit des Fastens. Er sieht auch, dass die Schüsseln nach der Mahlzeit immer noch halbvoll sind. Und sein Gedanke nimmt Gestalt an. *Im Grund ist der Gedanke gar nicht neu*, denkt Medardus. *Aber er ist in Vergessenheit geraten. Eine reiche, satte Kirche hat ihn im Lauf der Zeit einfach fallengelassen. Weggeworfen wie unerwünschten, überflüssigen Ballast.*

Es ist ein alter Brauch in diesem Kloster, dass die Mönche nach dem Essen ihr Mundtuch auf den Tisch legen. Wenn der letzte Bruder dieses Zeichen gegeben hat, klopft der Abt erneut mit dem Stein auf den Tisch und beendet so die Mahlzeit. Die Mönche verlassen dann nach einem kurzen Dankgebet gemeinsam das Refektorium.

Heute ist es anders. Die Brüder schauen erstaunt hoch, als Medardus eben nicht den Bernstein ergreift, sondern sich erhebt und auf die kleine Refektoriumskanzel steigt. Er schlägt mit ruhiger Hand die Bibel auf.

»Liebe Brüder, ich lese für Euch aus dem Evangelium des Apostel Lukas: ›Und Jesus ging heraus und sah das große Volk; und es jammerte ihn derselben; denn sie waren wie die Schafe, die keinen Hirten haben; und er fing an eine lange Predigt. Da nun der Tag fast dahin war, traten seine Jünger zu ihm und sprachen: Es ist wüst hier, und der Tag ist nun dahin; lass sie von dir, dass sie hingehen umher in die Dörfer und Märkte und kaufen sich Brot, denn sie haben nichts zu essen. Jesus aber antwortete und sprach zu ihnen: Gebt ihr ihnen zu essen. Und sie sprachen zu ihm: Sollen wir denn hingehen und für zweihundert Groschen Brot kaufen und ihnen zu essen geben? Er aber sprach zu ihnen: Wieviel Brot habt ihr? Gehet hin und sehet! Und da sie es erkundet hatten, sprachen sie: Fünf, und zwei Fische. Und er gebot ihnen, dass sie sich alle lagerten, tischweise, auf das grüne Gras. Und sie setzten sich nach Schichten, je hundert und hundert, fünfzig und fünfzig. Und er nahm die fünf Brote und zwei Fische, sah zum Himmel auf und dankte und brach die Brote und gab sie den Jüngern, dass sie ihnen vorlegten; und die zwei Fische teilte er unter sie alle. Und sie aßen alle und wurden satt. Und sie hoben auf die Brocken, zwölf Körbe voll, und von den Fischen. Und die da gegessen hatten, waren fünftausend Mann.‹«

Bruder Medardus bleibt einen Moment still auf der Kanzel stehen. Dann fährt er fort.

»Und nun schaut auf die Schüsseln. Sie sind noch halb gefüllt. Heute, am Festtag des Herrn, zu Weihnachten, werden wir den Worten Christi folgen. Wir werden geben. Wir werden Schüsseln nehmen, sie ordentlich auffüllen und in die Dörfer gehen. Dort werden wir die Armen speisen. Die, die nicht freiwillig gefastet haben, bei denen heute keine gefüllten Schüsseln auf den Tischen standen. Wir denken dabei auch an das Wort des Herrn, das uns der Apostel Matthäus überliefert hat. ›Was ihr getan habt unter diesen meinen geringsten Brüdern, das habt ihr mir getan.‹ Wir werden die Kranken, die Armen, die Geringsten am Tag des Herrn mit Speisen beschenken. Wir werden uns jetzt auf den Weg machen. Dies ordne ich hiermit als Prior des Klosters an.«

Die winterliche Sonne steht auch mittags tief und strahlt mit voller Kraft von einem wolkenlosen Himmel durch die hohen Fenster in das Refektorium. Dort ist es sehr still. Ein so unerhörtes Ansinnen haben die Mönche noch nie vernommen. Sie sollen in die Dörfer zu den Bauern gehen und die Armen beschenken? Ihre köstlichen Speisen und würzigen Getränke mit Pestkranken und Totgeweihten teilen? Bruder Medardus schaut sich um und blickt fast ausnahmslos in entsetzte Gesichter. Aber niemand wagt ein Widerwort gegen den Stellvertreter des Abtes, der eben erst den berühmtesten Prediger ihrer Zeit in die Schranken gewiesen hat. Bruder Medardus kehrt zu seinem Platz zurück, spricht das Dankesgebet und beendet die gemeinsame Mahlzeit.

Zum abendlichen Vespergebet sind alle Mönche wieder versammelt. Sie sind pünktlich aus den Dörfern zurückgekehrt. Medardus führt seine Brüder zum Klang der Orgel in die Abteikirche, die wie immer eiskalt ist. Diesmal aber spüren sie die Kälte kaum. Sie haben kaum vorstellbares Elend gesehen. Hungernde Kinder, frierende Frauen, Männer ohne Hoffnung, bekümmerte Greise und abgemagertes Vieh. Schmutz, Krankheit und Siechtum. Aber auch überraschte Freude, tiefe Dankbarkeit und leuchtende Augen in den Gesichtern der Kinder. Morgen wollen sie sich noch einmal auf den Weg machen. Morgen, am zweiten Weihnachtstag.

Die Schwarze hockt immer noch vor dem Dachbalken, aber sie faucht nicht, als Bruder Medardus sich ihr nähert. Sie schreit nur kurz und geht dann zu ihrem Futternapf. Der Graue atmet nicht mehr. Sein Fell ist stumpf und kalt. Heute wartet Medardus nicht, bis die Katzen gefüttert sind. Heute müssen sie ohne sein Streicheln auskommen. Er nimmt den leblosen Körper und trägt ihn hinunter zur Friedhofsmauer. Dort, wo schon viele Katzen begraben sind, legt er ihn sanft in den Schnee. Im Kloster ist es ruhig. Die Mönche haben sich zur Nachtruhe gelegt. Nur der Medicus wacht mit zwei Brüdern beim Abt, der wohl in dieser Nacht zum Herrn gehen wird.

Medardus holt eine Hacke aus dem Schuppen und plagt sich mit dem harten Boden ab. Er gerät dabei ins Schwitzen, aber seine Finger werden immer klammer. Bald kann er kaum noch zupacken. Aber dann ist die kleine Grube ausgehoben. Er bettet den Grauen in das Grab und bedeckt ihn mit dem Geröll. Nach einem kurzen Gebet zieht er mit seinen eisigen Fingern die kleine Flasche Kräuterlikör aus seiner Kutte, die er sich nach der Abendmahlzeit vom Cellerer hat geben lassen. Er zieht den Korken mit den Zähnen, denn seine Finger sind steif. Medardus trinkt einen langen Schluck, der ihn angenehm wärmt, und betrachtet den Mond, der voll am Himmel steht.

*Warst bei Gott ein verflucht guter Mäusefänger und ein alter Freund. Und wenn die Schwarze nicht ihr Futter mit dir geteilt hätte, wären die Brüder heute nicht in den Dörfern gewesen, um die Armen zu beschenken. Warum sind wir nicht früher, nicht selbst darauf gekommen? Am Tag des Herrn an die Armen und Kranken zu denken? Sie zu beschenken? Wer weiß, vielleicht folgen ja andere unserem Beispiel.*

Bruder Medardus wischt sich mit dem Handrücken Tränen aus den Augen. Er trauert, ist aber gleichzeitig glücklich. Denn seine Brüder haben heute etwas

Neues begonnen. Und sind voller Freude ins Kloster zurückgekehrt.

*Na ja, nicht alle*, denkt Medardus. *Aber doch einige. Jedenfalls mehr, als ich erwartet habe.*

Schnell ist die Flasche leer. Medardus tritt das Geröll fest. Dann macht er sich auf den Weg zum Infirmarium. Vor dem Eingang schaut er sich noch einmal um und betrachtet nachdenklich die dunkle Grabstelle in der hell funkelnden Schneefläche.

*Grauer Kater*, denkt er. *Du bist nicht weggegangen, bist nur vorgegangen.*

Als ich dich zum ersten Mal sah, hatte ich ein bisschen Angst vor dir. Du hattest so einen unheimlichen, bizarren schwarzen Fleck am Kopf. Es war der Tag im Juli, an dem die japanische Komponistin, bei der du zusammen mit zwei anderen Katzen lebtest, fragte, ob ich mich nach ihrer Abreise eurer annehmen könnte. In diesem Moment sah ich dich vor meinem inneren Auge im Schnee. Vorsichtig bist du durch die strahlend frischen Flocken gestakst und mit deinem schwarzweißen Pelzmantel fast mit dem weißen Hintergrund verschmolzen, den schwarzen Fleck wie einen eleganten Hut schelmisch über die Augen gezogen. Wie gemalt. Aber sofort schob sich ein anderes Bild davor: Du lagst nachts unter einem zugigen Holzstapel, nur noch struppiges Fell über den Knochen, kurz nachdem auch ich aus dem Rundling weggegangen war.

Ich sagte der Japanerin, dass ich euch gern aufnehmen würde, euch dann aber mitten im Winter vor die Tür setzen müsste und dass ich befürchtete, ihr würdet das nicht überleben. Sie sprach mit dem Bauern nebenan, und der meinte, wir brauchten uns keine Sorgen zu machen, ihr wärt ja die Dorfkatzen. Ich glaubte es nur halb. Aber ich wollte es glauben, damit ich meine Tür für euch öffnen konnte. Damit ich mich um euch kümmern konnte, weil das angenehm war in meiner Einsamkeit.

So seid ihr, nachdem ich der Japanerin zum Abschied hinterhergewinkt hatte, bei mir eingezogen. Tiger behielt seinen Namen, Black & White hieß von da an Jägerin. Dir gab ich den Katzennamen schlechthin: Poes (ausgesprochen: Puus), so werden Katzen in den Niederlanden seit Menschengedenken gerufen, »poespoespoes«. So rufe ich euch auch. Du warst der Archetyp der Katze, die so tat, als wäre sie ein Haustier. Du warst liebenswürdig, nicht um dich einzuschmeicheln, sondern aus purer Lebensfreude. Ich habe viel von dir gelernt.

Du wusstest, dass ich Tiger verachtete wegen seiner Fressgier, seinem Ellenbogenverhalten, seinem Mangel an Humor und Geist. Weil er ins Haus gepinkelt hat. Aber du warst großzügig, weil er das in seiner Geistesarmut brauchte. Du hast ihm beim Fressen den Vortritt gelassen, er durfte sich immer an dich kuscheln, du hast ihm das Fell geleckt und ihn manchmal zu einer Balgerei herausgefordert, aber immer überspannte er irgendwann den Bogen, sodass du zum Schluss einfach abgehauen bist. In allem äffte er dich freudlos nach, für dich war das in Ordnung, wenn er nun mal glaubte, dass er sich dann besser fühlte. Aber als er krank wurde, bist du ihm unauffällig und doch entschlossen fern geblieben. Er hat es nicht mal gemerkt, er war zu verblüfft über das, was ihm widerfuhr. Und kaum war er fort, da wurde mir klar, dass du Tiger bereits für immer begraben hattest. Du lebtest fröhlich im Jetzt, du konntest nicht anders. Genau das versöhnte mich damit, dass ich so Schlimmes für dich fürchtete. Ich wusste, dass du weder in die Vergangenheit noch in die Zukunft blicken konntest. Du littest nicht unter dem, was kommen würde. Du wusstest nichts davon.

Wir lebten nicht in derselben Welt, nicht in einer gleichen Art Zeit und Raum, und doch verstanden wir uns, außerhalb von Bildern und Gedanken. Verzeih mir, wenn ich zu so hochtrabenden Worten greife, das ist meine Sehnsucht, über menschliche Maßstäbe hinaus zu gelangen. Vanitas vanitatum. Ich bleibe ein Mensch. Lass mir meine Irrtümer.

Es beschämt mich, merke ich, dass ich öffentlich mit dir rede, sodass es jeder mitlesen kann. Aber es geht nicht anders. Ich habe immer mit euch gesprochen. Ihr wart das Einzige in meiner Nähe, das Ohren besaß. Das war vielleicht eure wichtigste Eigenschaft. Oder nein, vielleicht ist es noch anders: Ihr wart die Einzigen in meiner Nähe, die etwas von sich aus taten. Obwohl – ich kann schwerlich behaupten, dass die Hunderte Fliegen, die Hornissen, die Armee von Schnecken, die Vögel, der Igel, das Eichhörnchen und der Waschbär, der eines Abends die Nase an meine Terrassentür drückte, nichts taten. Und sogar mit ihnen allen habe ich geredet. Das war es also nicht allein.

Ihr seid immer zurückgekommen, und ich wusste, dass ihr dieselben wart, was nicht einmal beim Igel und beim Waschbär so sicher war. Ihr habt bei mir gewohnt. Und du hast offenbar – anders als Tiger und Jägerin – nicht nur das Futter, die Wärme und die Ruhe geschätzt, sondern auch meine Gesellschaft. Bevor du zum Fressnapf stapftest, bist du mir immer miauend um die Beine gestrichen. Diese Höflichkeit war für mich das Sahnehäubchen des Tages. Oder noch etwas: wenn ich, was selten vorkam, mit jemandem telefonierte, kamst du gurrend zu mir gerannt – ja, gurrend, anders kann ich es nicht bezeichnen. Ich weiß immer noch nicht, warum du mir dann einfach auf den Schoß gesprungen bist. Du hattest das weichste Fell, du hast am stärksten gehaart, aus purem Genuss hast du die Krallen beim rhythmischen Treteln in mein Fleisch gepiekst. Sodass ich dich wieder auf deine vier Pfoten stellen musste. Um ehrlich zu sein, Poes, ich fand dich auch ein bisschen eklig. Du hast oft geschnieft, geprustet und geniest. Manchmal hast du daran gedacht, den Schnodder wieder aufzulecken, aber manchmal hast du es vergessen. Wie eine Ansteckungsphobikerin lief ich hinter dir her und wusch mir die Hände öfter denn je. Mich juckte es überall. Ich entschied, dass es nicht an euch lag, denn ich wollte euch nicht rauswerfen. In der Apotheke kaufte ich mir Pillen gegen Juckreiz, damit ich nachts wieder schlafen konnte.

Dank euch lebte ich nicht nur in meinem Kopf, zwischen den Dingen und der Natur draußen. Ich hatte ein Gegenüber, das Raum schuf, ihr zeigtet Verhalten, das ich beobachten konnte, ich konnte darüber nachdenken, es mit meinem Verhalten vergleichen. Und mit dem des Hundes, den ich bis dahin immer bei mir gehabt hatte, wenn ich allein auf dem Land lebte. Ein Hund ist so anders, er scharwenzelt ständig um einen herum, er betrachtet einen Menschen als seinen Herrn, ihr nicht, ihr seid souverän, ihr akzeptiert keine Autorität. Ich stelle das nur fest, ich bin kein ausgesprochener Katzen- oder Hundemensch. Unterschiede machen mich klüger, durch Unterschiede verstehe ich die Welt um mich herum besser.

Ihr habt für das Unerwartete gesorgt, für alles, was nicht von mir selbst kam. Ihr habt mir ständig Rätsel aufgegeben, ihr habt mich zum Lachen gebracht und zum Fluchen, ihr habt mich aus der Reserve gelockt.

Besonders dir konnte ich wenig verbieten, weil du es immer wieder geschafft hast, mich zu entwaffnen. Keine Ahnung, wieso, aber ihr seid nie auf die Spüle oder auf den Tisch gesprungen. Bis du eines Tages zwischen den Apfelsinen und den Birnen in der Obstschale lagst. Das Stillleben schmeichelte meinen Augen so, dass ich dich nicht weggescheucht habe. Und die Früchte strahlten.

Ich bilde mir immer ein, dass ich euch nicht mit uns Menschen durcheinander bringe, aber so einfach ist das nicht. Je mehr wir uns an Tiere binden, desto schwieriger wird es, sie nicht zu vermenschlichen. Meist geschieht das mit den besten Absichten: Wir wollen es euch recht machen, wir wollen Nähe, also versuchen wir, uns in euch einzufühlen, euch ernst zu nehmen, und, tja, ehe es uns bewusst wird, dichten wir euch allerlei Menschliches an. Warum sonst würde ich nun mit dir reden? Es ist für uns auch nicht gerade einfach, etwas zu lieben, ohne es uns anzueignen, ohne dass wir zu wissen glauben, was das Beste ist. Ich wollte mir nicht anmaßen, dich zu kennen. Ich wusste recht gut, dass mir Bescheidenheit anstand. Du gehörtest ausschließlich dir selbst. Das ist das Vorrecht frei lebender Katzen.

Als ich erst kurze Zeit hier war, fuhr ich mit dem Rad über einen Sandweg außerhalb des Rundlings und sah dich über die Wiesen stromern. Ich fuhr näher heran, ich rief dich. Scheu bist du weggeflitzt. Das fand ich seltsam. Ob du mich außerhalb des Grundstücks wohl nicht erkanntest? Später passierte es noch einmal, und erst allmählich dämmerte mir, dass du es nicht warst und dass dein Doppelgänger eine halbe Nummer größer war, aber genauso gefleckt. Offenbar bist du hier heimisch, Katzengenerationen lang, du gehörst hierher. Und nicht nur du. Ich öffnete die Terrassentür, um Jägerin hereinzulassen, und sah sie im selben Moment auf dem Sofa liegen. Mein Herzschlag setzte aus, ich schlug die Tür wieder zu und blickte durch die Scheibe, eine oversized Jägerin mit noch kälteren hell graugrünen Augen sah mich frech an, eine Katze aus einem Trickfilm, die jeden Moment etwas zu mir sagen könnte. Jägerins Bruder, Onkel, Cousin, zweifellos. Kennst du diese grundlose Angst, die in dir hämmert, wenn du voller Vertrauen auf etwas Bekanntes zugehst und erst kurz davor merkst, dass es etwas Fremdes ist?

Der Anblick eurer Gengenossen überzeugte mich davon, dass ihr hier zu Hause wart, dass ihr euch hier immer durchgeschlagen habt, jahraus, jahrein. Und dass *ich* hier der Gast war und wieder verschwinden würde.

Es steht mir nicht zu, euer Verhalten zu kritisieren. Aber ihr musstet mir Zeit lassen. Es war gewöhnungsbedürftig, dass Jägerin jeden Tag mit einer Maus im Maul angelaufen kam. Ich hörte sie schon von weitem, kläglich maunzend, jedenfalls klang es in meinen Menschenohren so. Vielleicht brachte sie so ein Geräusch nur hervor, weil ihr die Maus sonst aus dem

Maul gefallen wäre. In der Küchenschublade hatte jemand ein Halsband mit einem Glöckchen zurückgelassen. Mich durchblitzte der Gedanke, es Jägerin umzubinden, falls sie mit Vögeln ankommen würde. Die liegen mir nun mal mehr am Herzen als Mäuse. So ein Gebimmel wäre prima für die Beutetiere und auch für mich. Aber Jägerin würde nichts mehr fangen und wäre gehandicapt. Was fiel mehr ins Gewicht?

Manchmal hatte ich mich selber so satt, dass ich mich anherrschte: Hör auf! Hältst du dich etwa für so überlegen, dass du glaubst, in die Tierwelt eingreifen zu müssen?

Ich schwieg und übte mich im teilnahmslosen Zuschauen. Ich wollte die Augen nicht verschließen vor euren Katzengewohnheiten. Manchmal war Jägerins Maus noch nicht tot. Und wenn Jägerin nicht hungrig war, nachdem sie eine Maus gefangen hatte, schaute sie oft einfach umher oder putzte sich. Und das Mäuschen lag mit dem Tode ringend da. Wenn es in Sterbensangst piepste, schaute sie vielleicht mal kurz auf. Oder sie stupste das Tierchen mit der Pfote an, um zu sehen, ob es sich bewegte. Ich sah das kleine Mäuseherz klopfen, die Pfötchen zittern. Schließlich nahm Jägerin das Köpfchen ins Maul, zerkaute den Schädel und biss ihn ab. Dann folgte der Rest, in wenigen Sekunden. Manchmal ließ sie die Gallenblase liegen, aber meist verschlang sie die ganze Maus. Das hatte dann wieder Stil, fand ich. Dann war der Tod nicht umsonst gewesen.

Wenn die Maus nur verletzt war und noch wegkriechen konnte, habt ihr sie des öfteren einfach vergessen. Ja, auch du, Poes. Lange Zeit glaubte ich, dass du, seitdem du bei mir lebtest, überhaupt keine Mäuse mehr fingst. Insgeheim fand ich, dass das für dich sprach. Schau, da begann ich doch beängstigend abzugleiten. Ich wollte dich manipulieren.

Als ich eines Abends nach Hause kam, sprang Jägerin fröhlich auf mich zu. Futter! Aber du warst im Obstgarten zu sehr beschäftigt. Du belauertest eine kleine braune Maus mit einem dunklen Streifen auf dem Rücken, die angeschlagen durchs Gras kroch. Ich schaute auch hin, du sahst ungerührt weiter zu. Und es entging dir, dass ich dich dazu bringen wollte, das Tierchen von seinen Qualen zu erlösen. Warum tat ich es nicht selbst, schließlich fühlte ich mich ja dadurch gestört? Weißt du, dass ich daran nicht einmal gedacht habe? So tief sitzt offenbar meine Überzeugung, dass jemand die Verantwortung für sein Handeln selbst übernehmen muss. Auch wenn dieser jemand eine Katze ist. Jetzt mache ich das schon wieder, Poes, eigentlich ist es unverzeihlich. Und plötzlich wurde mir noch etwas anderes klar, plötzlich erkannte ich, dass meine Anteilnahme dem Zufall geschuldet war. Es musste eine Menge verletzte und verstümmelte Mäuse rund ums Haus geben, überall krepierten sie oder lagen halbtot herum. Nur hatte ich noch nie darüber nachgedacht. Für euch war es völlig normal. Die Welt um uns herum ist so verschieden. Ich war dort im Obstgarten von Grausamkeit umgeben, auch wenn ich kein Auge dafür hatte. Erst durch euch ist mir das klar geworden, aber ich empfand keinen Abscheu, es war gerade so, als ob ich zugleich mehr Mensch wurde *und* mehr Tier, als ob mein Leben inniger mit der Welt verbunden war.

Das Wundersame an der Zeit mit euch war, dass ich mich zugleich band und loslöste. Nein, nein, das entgeht dir, Poes, das existiert nur, wenn man Vergangenheit und Zukunft kennt. Das Binden ging von allein, das Loslösen war eine langwierige Aufgabe, getrieben von dem Gedanken, dass ich eure Wehrhaftigkeit nicht in Gefahr bringen durfte, indem ich versuchte, Hauskatzen aus euch zu machen.

Also überließ ich euch, wenn ich für eine Weile weg musste, eurem Schicksal. Dazu musste ich wirklich mit mir ringen. Das Fleisch ist schwach, irgendwo in mir steckt eine Glucke. Wenn ich zurückkam, eilte ich immer im Laufschritt von der Bushaltestelle zum Haus. Auf der Zufahrt pfiff ich schon meine Melodie. Du kamst dann vom Hof der Nachbarn anstolziert, nur gut, dass niemand sah, wie froh ich war. Ich wog dich auf meiner Hand, du hattest das Leben draußen gut überstanden und schlabbertest gierig ein Schälchen Milch leer. Erst wenn ihr alle drei wieder aufgetaucht wart, war ich wirklich zu Hause. Es rührte mich, dass ihr all die Tage Ausschau nach mir gehalten hattet – ich wurde wieder aufgenommen, jedenfalls konnte ich mir das einbilden. Ich wusste natürlich genau, dass ihr mich einfach benutzt habt, man kann auch sagen, dass ich euch mit Futter und Fußbodenheizung bestochen habe. Aber es ging nicht um menschliche Motive. Ihr wart da, ich war da, das genügte. Und ich bereitete mich darauf vor, dass es auch genügen würde, wenn es anders wurde.

Als Tiger krank wurde – das muss ich doch noch kurz ansprechen, denn in meinen Notizen lese ich, dass es nicht stimmt, dass du ihm damals aus dem Weg gegangen bist. Meine Erinnerung ist also nicht zuverlässig, deshalb zitiere ich: *Tiger ist krank. Sein Atem geht keuchend und pfeifend. Lungenentzündung? Er frisst zwar noch, aber nicht mehr so gierig, und er sieht ein bisschen struppig aus. Beim Fressen macht er plötzlich seltsame, pfeifende Geräusche, und er schlägt sich schnaubend mit der Pfote ans Maul, offenbar verspürt er einen plötzlichen, stechenden Schmerz. Seine Flanken zucken rhythmisch. Nachdem er gefressen hat, hockt er ganz klein mit rundem Rücken da und lässt den Kopf etwas nach vorn hängen. Seine Gestalt ist völlig anders. Poes sucht er kaum noch auf. Gestern Abend einmal ganz kurz. Poes legte sofort die Pfoten um seinen Hals und leckte ihm über den Kopf.*

Ich bin nicht stolz darauf, ich habe mich sogar im Verdacht, dass ich diese Szene verdrängt habe, weil es mir lieber gewesen wäre, wenn du damit angefangen hättest, Tiger links liegen zu lassen. Dann hätte ich beschönigen können, warum ich nichts für ihn getan habe: Ich habe mich in Bescheidenheit geübt und bin nur dir in deiner Katzenweisheit gefolgt.

Innerhalb weniger Tage war Tiger ganz leicht geworden, sein Rückgrat ein scharfer, gebogener Kamm. Er lag mit spitzer Schnauze auf dem Sessel und rührte sich nicht. Ich kämpfte damit, ob ich ihn wirklich seinem Schicksal überlassen sollte. Warum gebe ich ihm Futter und eine Unterkunft, aber tue nichts, wenn er krank ist? Also versuchte ich mal wieder im Internet herauszufinden, was ihm fehlen könnte. Jedes Mal landete ich auf Seiten zum Thema Vergiftung. Sollte ich ihn in einen Korb stecken und mit dem Fahrrad zum Tierarzt fahren? Für eine Streunkatze ein Albtraum. Den Tierarzt vorbeikommen lassen, damit er ihm Medikamente verschrieb, die ich ihm dann nicht geben könnte, weil ich ein paar Tage verreisen würde? Leute aus dem Dorf konnte ich damit auf keinen Fall behelligen. Tierärztliche Behandlung und frei lebende Katzen, das passte nicht zusammen. Sie würden mich als exaltierte Städterin entlarven. Was ist der Unterschied zu dem Mädchen, das eine Krähe mit gebrochenem Bein im Vondelpark fand und den Tierrettungsdienst anrufen wollte? Dekadenz war das Wort, das mir sofort einfiel, als ich davon erfuhr.

Aber was dann, Poes? Tiger einschläfern lassen oder ihn selbst töten? Ich war mir ja gar nicht sicher, ob er wirklich keine Chance mehr hatte. Und ob so eine Handlung wirklich besser für ihn wäre. Ich wollte nicht weiter darüber nachdenken. Er nahm mich schon viel zu sehr gefangen, warum war er auch so gefräßig, dass er sich über vergiftetes Futter hergemacht hatte? Warum war es mein Problem geworden? Wer sagte das überhaupt? Wenn es etwas später passiert wäre, wäre ich schon weg gewesen. Mir surrte der Kopf.

Wenn eine Katze sehr krank ist, sucht sie die Einsamkeit, hatte ich einmal gelesen. Das würde Tiger bestimmt auch tun. Also setzte ich euch alle drei nach draußen und fuhr Fahrrad. Um mich loszulösen. Ist das nicht schön gesagt? Um ihn los zu sein, wirst du vielleicht sagen. Das klingt schon viel weniger gut. Es liegt dicht beisammen.

Als ich zurückkam, hatte ein eisiger Nieselregen eingesetzt. In der Dämmerung jagten Wolken am Mond vorbei. Immer wieder ging ich zur Tür und spähte über die Terrasse. Jägerin und du waren schon wieder seit Stunden im Haus. Tiger habe ich nicht mehr gesehen.

Am nächsten Morgen habe ich ihn noch gesucht, aber ich wusste, dass ich ihn nicht finden würde.

Tot, tot, tot hallte es in meinem Kopf und erschreckte mich immer neu, nicht davor weglaufen, büßen. Es blieb unfassbar, erst war da Tiger, und dann gab es nur noch ein Foto auf meinem Bildschirm. Ein schönes außerdem, so dass ich mich doch wieder mies fühlte, weil ich ihn nur geduldet hatte. Jägerin und du, ihr habt keine Regung gezeigt, nichts, woraus ich hätte schließen können, dass für euch etwas nicht stimmte.

Aber Poes, wie sollte das nun werden, wenn du frieren würdest, nachdem ich dich demnächst endgültig vor die Tür gesetzt hätte? Keiner mehr, der sich an dich kuschelte. Jägerin hatte an sich selbst genug. Müsste ich mich auch für die Zeit nach meiner Abreise um dich kümmern?

Jetzt noch nicht, erst feierten wir Weihnachten. Zum ersten Mal war das Haus voller Menschen. Ihr seid einfach drinnen geblieben. Von den Balken aus, die überm Tisch durch den hohen Raum führen, habt ihr zugeschaut, wie Fleisch von einem Reh herumgereicht wurde. Damals, Weihnachten, fing ich an, euch zu mästen, und gleichzeitig ließ ich euch manchmal absichtlich lange draußen, damit ihr euch abhärten konntet. So wie ich, ich musste es aushalten können, dass ich euch im Stich lassen würde. Ich will mich nicht selbst bedauern. Ich bin es, die euch so in Watte gepackt hat, dass ihr vielleicht einem Leben draußen in der Eiseskälte nicht mehr gewachsen seid und die schuld daran ist, dass ihr keinen langen Herbst hattet, in dem ihr euch allmählich irgendwo einen anderen Unterschlupf erobern konntet, bevor die Kälte endgültig von euch Besitz ergriff. Als ob ich euch betrogen hätte, denn ihr habt euch in Sicherheit geglaubt. Sag, dass es nicht so ist, Poes. Ich begreife noch immer nichts von euch. Vielleicht übertreibe ich meine Rolle, und die Monate bei mir waren nichts als ein luxuriöses Intermezzo in einem harten und freien Leben, das ihr mühelos wieder fortsetzen könnt. Aber das glaube ich nicht. Auch wenn ich keinen einzigen Grund dafür habe, es gelingt mir nicht, etwas anderes zu denken als: Das glaube ich nicht.

Zwei Monate später bekam ich eine Mail. Du hättest dich im Hallenhaus verschanzt, auf dem Dachboden unter meinem Fahrrad, das dort für eine Weile lagert. Der Tierarzt aus dem Dorf soll dich zusammengeflickt haben. Warum das nötig war, stand nicht dabei. Die Mutter der Nachbarin von gegenüber soll dich aufgenommen haben. All das sind vielleicht auch nur Versuche, mir zu sagen, dass du tot bist. Vielleicht werde ich es nie erfahren, Poes, und vielleicht ist das deine endgültige Zurechtweisung.

# HANS-ULRICH TREICHEL | Schlafen in Istanbul

Er ging auf die sechzig zu. Und glaubte, immun zu sein gegen die Anfechtungen des Alters. Er war ja schon immun gegen die Anfechtungen der Jugend gewesen. Hatte sich zumindest nie sonderlich jung gefühlt, als er jung gewesen war. Die ersten Geheimratsecken hatte er mit dreißig bekommen. Und allzu sportlich war er auch nicht. Aber auch nicht auffällig unsportlich. Schwimmen, wandern, Rad fahren – das alles machte er gern. Aber eben in Maßen. Was ihn offenbar gesund erhalten hatte. Zumindest war er noch nie im Krankenhaus gewesen. Warum sollte er sich also alt fühlen. Noch bot ihm niemand einen Platz im Bus an. Und manchmal rannte er in Jeans und mit einer Baseballkappe auf dem Kopf herum. Wie ein Spätjugendlicher. Aber das taten ja viele.

Außer den grauen Haaren und den Altersflecken auf den Händen war die einzige Alterserscheinung, die ihm an sich selbst aufgefallen war, dass er in der letzten Zeit des Öfteren daran dachte, sich ein Hobby zuzulegen. Das war neu. Hobbys waren ihm bis dahin völlig fremd gewesen. Er war schließlich ausgefüllt. Beruflich und privat. Er lehrte Literatur an der Universität, schrieb regelmäßig Aufsätze über Literatur. Vom 18. Jahrhundert bis zur Gegenwart reichte sein Spektrum. Und er las. Wenn überhaupt, war das sein Hobby. Aber er nannte es natürlich nicht so. Es war seine Passion und sein Beruf zugleich. Er war sozusagen immer im Dienst und tat zugleich immer das, was er ohnehin tun wollte. Von Kommissionssitzungen oder Gutachteraufgaben einmal abgesehen. Doch auch das machte ihm eigentlich keine besondere Mühe. Im Gegenteil: bei Kommissionssitzungen konnte man sehr gut seine Mitmenschen studieren. Ihr Rollenspiel. Ihre Maskeraden. Das war alles sehr interessant. Und selbst beim Schreiben von Gutachten packte ihn manchmal der Ehrgeiz, stilistisch und gedanklich zu brillieren, obwohl das jeweilige Gutachten allenfalls noch der Zweitgutachter und gegebenenfalls der Prüfungskandidat lesen würde. Es ging ihm eben um die Sache selbst.

Wozu brauchte er da ein Hobby? Er wusste es nicht, musste aber feststellen, dass er vor einiger Zeit begonnen hatte, sich für Fotografie zu interessieren. Und für Fotoapparate. Warum auch immer. Natürlich hatte er zeitlebens Fotoapparate besessen. Einfache Kompaktkameras. Und er hatte hin und wieder fotografiert. Urlaubsfotos. Familienfeiern. Aber das war es auch schon. Die Fotos wurden dann noch einmal angeschaut und landeten in irgendwelchen Schachteln oder Schubladen. Gelegentlich sagte seine Frau dann: Wir müssten mal die Fotos sortieren. Dabei blieb es allerdings. Auch sie hatte nicht die Kraft und das Interesse, mehr Zeit als nötig in die Fotos zu investieren. Und nun suchte er im Kaufhaus die Fotoabteilung auf und fand alles sehr faszinierend, was dort in den Glasvitrinen ausgestellt war. Und auch schön. Besonders die Objektive. Gern hätte er mehr darüber gewusst und gern hätte er so einen modernen großen Fotoapparat mit mehreren Objektiven gehabt. Und vielleicht eine Weste mit vielen Taschen, worin man dann das technische Zubehör aufbewahrte. Belichtungsmesser und so weiter.

Das alles schien ihm plötzlich durchaus begehrenswert. Aber man konnte ja nicht einfach ins Kaufhaus gehen und sich eine Fotoausrüstung kaufen. Man musste sich informieren. Nikon oder Canon. Da fingen die Probleme schon an. Das hätte ihn früher einen feuchten Kehricht interessiert. Die Fragen, die ihn bisher interessiert hatten, waren ganz anderer Art: Schiller oder Goethe. Peter Handke oder Botho Strauß. Das interessierte ihn natürlich noch immer. Aber vielleicht nicht mehr ganz so nachdrücklich. Schiller und Goethe wurden von Nikon und Canon verdrängt. Was er im Grunde schrecklich fand, spießig und pensionärshaft. Aber es war trotzdem so.

Und er musste zugleich bei sich feststellen, dass er

seit einiger Zeit in seiner Tageszeitung nicht nur die wöchentliche Geisteswissenschaftenbeilage regelmäßig studierte, sondern auch die Technikbeilage. Das hatte er früher nicht getan. Technik und Sport waren immer gleich in den Papierkorb geflogen. Die Finanzen ebenso. Seine Sache waren die Politik und das Feuilleton gewesen. Besonders natürlich das Feuilleton. Die Rezensionen. Ob Literatur oder Sachbuch. Er las sie alle. Er hatte in seinem Leben wohl schon Tausende, wenn nicht Zehntausende Rezensionen gelesen. Und einige Dutzend selbst geschrieben. Für Fachzeitschriften allerdings. Für sogenannte Rezensionsorgane, wie sie in der Zunft hießen. Honorar gab es dafür nicht. Nur Sonderdrucke. Aber er tat es ja auch nicht um des Geldes willen, sondern aus Passion. Da war sie wieder, diese Einheit aus Beruf und Passion. Was wollte er mehr. Irgendwann war ihm das Rezensionenschreiben für Fachzeitschriften allerdings zu mühsam geworden. Die Passion hatte nachgelassen. Er konnte inzwischen ganz gut damit leben, keine Rezensionen zu schreiben, und wenn er das Feuilleton seiner Tageszeitung und die darin enthaltenen Buchbesprechungen einmal nicht las, war es auch kein Beinbruch. Was früher undenkbar gewesen wäre.

Früher war allerdings auch undenkbar gewesen, dass er die Technikbeilage seiner Tageszeitung las. Jetzt fischte er sie manchmal als erstes aus der Zeitung heraus. Und suchte nach Artikeln über Fotoapparate. Die gab es regelmäßig. Und er las sie alle. Und je mehr er las und sich informierte, umso mehr schlug sein persönliches Pendel für Nikon und gegen Canon aus, bis er irgendwann entschied: Er würde sich eine sehr teure und hochwertige und selbst professionellen Ansprüchen genügende Nikon Spiegelreflexkamera kaufen. Goethes Gesammelte Werke hatte er ja schon. Und zwar mehrere Ausgaben. Die Hamburger Ausgabe. Circa 11 000 Seiten. Broschiert. Und die Münchner Ausgabe. Circa 35 000 Seiten. In Leder. Was keine unerhebliche Investition war. Aber für jemanden wie ihn eine zwingende. Doch wer sich solch eine Goethe-Ausgabe leistete, der durfte sich auch eine hochwertige Kamera kaufen. Da musste er jetzt kein schlechtes Gewissen haben. Aber er hatte ein schlechtes Gewissen. Und spürte doch zugleich, dass er sich zumindest im Moment nichts so sehr wünschte, wie diese Kamera. Mit den entsprechenden Objektiven. Was ja die eigentliche Investition war. Das Gehäuse war das eine und die Objektive waren das andere. Das hatte er früher auch nicht gewusst, dass man zwischen Gehäusen und Objektiven unterschied. Aber jetzt wusste er es. Und freute sich schon besonders auf die Objektive. Zumindest zwei sollten es sein. Ein normales und ein Teleobjektiv. Wie es die Sportreporter hatten. Oder die Tierfotografen. Er freute sich sogar auf die Tasche, in die er dann alles reinpacken würde. Um endlich loszugehen und wie ein Profi zu fotografieren. Er wusste auch schon, was er am liebsten fotografieren würde: keine Sportler, sondern Tiere.

Das war sozusagen seine zweite Alterserscheinung, die er an sich beobachtete. Dass sich seine Neigung zu Tieren immer mehr verstärkte. Und auch das kam ihm irgendwie pensionärshaft und sentimental vor. Aber es war trotzdem so. Es mussten gar keine besonderen Tiere sein. Er konnte sich selbst an Spatzen erfreuen. Und natürlich an Katzen und Hunden. Vor allem an Katzen und Hunden. Wobei die ihn auch intellektuell und kulturgeschichtlich interessierten. Die Katzen noch mehr als die Hunde. Besonders wenn sie schliefen. Dann offenbarten sie sozusagen ihr ganzes Geheimnis. Will sagen: sie offenbarten es, aber sie gaben es nicht preis. Er hatte sogar ein kulturgeschichtliches Buch über schlafende Tiere geplant. Eine kulturphilosophische Studie. Er plante es immer noch. Es könnte sein Alterswerk werden. Schlafende Tiere gab es ja überall. In der Malerei, in der Mythologie, in der Philosophie, in der Literatur, in den Religionen, in der Psychologie und natürlich auch in der Zoologie. Aber es gab noch kein Buch darüber. Er kannte jedenfalls keins. So ein Buch kostete allerdings Kraft. Und es musste sich ein Verlag dafür finden. Ein Buch war kein Aufsatz.

Vor einiger Zeit hatte er sogar einmal ein Exposé an einen namhaften Verlag geschickt, der schon einige kulturgeschichtliche Bücher zum Thema Tier beziehungsweise zum Mensch-Tier-Verhältnis im Programm hatte. Das Exposé war allerdings sehr kurz gewesen. Eineinhalb Seiten. Er war so überzeugt von dem Thema, dass er geglaubt hatte, sofort einen Vertrag für solch ein Buch zu bekommen. Stattdessen bekam er noch nicht mal eine Ablehnung. Keine Antwort war auch eine Antwort. Aber er würde es nochmals probieren. Mit einem ausführlicheren Exposé und mit mehr Material. Und seinen eigenen Fotos. Wenn sie entsprechende Qualität hatten. Knipsen reichte nicht. Andererseits waren die modernen Kameras so einfach zu bedienen, da kam es nicht mehr auf die technische Handhabung, sondern vor allem auf den eigenen Blick an. Und das originelle Motiv. Den richtigen, so vielleicht noch nie gesehenen Moment. Was im Falle von schlafenden Tieren gar nicht so einfach war. Auch nicht im Falle von schlafenden Katzen.

Er hatte inzwischen schon eine ganz beträchtliche Sammlung mit Fotos von schlafenden Hunden und Katzen. Oder genauer: mit Fotos von Hunden und Katzen, die gerade noch geschlafen hatten. Bis zu dem Moment, als er die Kamera auf sie richtete. Und wenn sie jetzt noch nicht die Ohren spitzten und den Kopf hoben, dann spätestens, wenn er im Begriff war, auf den Auslöser zu drücken. Wobei Letzteres besonders für die Katzen galt. Die hatten den siebten Sinn. Die hoben den Kopf, wenn er den Auslöser nur berührte. Da musste er noch nicht mal abdrücken. Die Ohren waren ja ohnehin gespitzt. Hunde benahmen sich da etwas großzügiger. Die hatten sich des Öfteren auch im Schlaf fotografieren lassen. Besonders in Indien, wohin er eine Vortragsreise gemacht hatte. Vermittelt durch den Deutschen Akademischen Austauschdienst war er nach Kolkata und Pune gereist, um dort jeweils einen Vortrag über *Das Indienbild in der deutschen Gegenwartsliteratur* zu halten. Einen sehr schönen Vortrag, wie er selbst fand, aber es gab ja auch reichlich Material dazu. Dutzende zeitgenössische deutsche Schriftsteller waren zumeist mit Hilfe des Goethe Instituts nach Indien gereist und hatten danach über Indien geschrieben und so ihren Beitrag zum Indienbild der deutschen Gegenwartsliteratur geleistet.

Er hatte sich allerdings vorgenommen, nicht nur über die Indienbilder der anderen zu schreiben, sondern sich auch seine eigenen Indienbilder zu machen. Und zwar mit der Nikon, die er auf die Reise mitnahm, wo er dann alles Mögliche fotografierte, vor allem aber zwei schlafende Hunde. Einen in Pune, und zwar auf dem von Bambus gesäumten Weg, der direkt zu Bhagwans beziehungsweise Oshos Ashram führte, der jetzt *International Meditation Resort* hieß und wo ein weißer Hund seitlich gestreckt und vollkommen im Tiefschlaf versunken im Schatten lag und sich von nichts und niemandem stören ließ. Auch nicht vom Klicken des Auslösers seiner Kamera. Den zweiten Hund fotografierte er in Kolkata. Ein edles Tier, ein Windhund, der zuoberst in einem mit Bauschutt gefüllten Müllcontainer lag. Nicht dahingestreckt, sondern eher zusammengekauert; der die Augen zwar nicht geöffnet hat, dessen Ohren sich aber sehr wohl bewegten, als er auf den Auslöser der Kamera geklickt hatte. Das Bild war traurig, es rührte ihn. Es war ihm in gewisser Weise genauso viel wert wie ein ganzes Buch über schlafende Tiere. Allerdings hatte es keine kulturhistorische Aussagekraft. Oder eine allzu naheliegende. Das edle Tier im Müll. Gottes Schöpfung auf dem Abfallhaufen. Für sein Buch brauchte er ein anderes Bild. Das das schlafende Tier sozusagen als Daseins-, Welt- und Lebenssymbol darstellte und doch zugleich spontane Kreatürlichkeit ausdrückte. Das Tier als Kreis. Das in sich selbst ruhende Tier. Das Tier als kosmische Einheit. Das sich selbst verzehrende Tier. Das gegebenenfalls auch. Uroboros. Und so weiter und so fort. Man konnte eine ganze Philosophie daraus machen, wenn man wollte. Aber das wollte er gar nicht. Das führte leicht zu Ganzheits-Trivialitäten und Daseins-Geraune. Er war gar nicht so sehr aufs Philosophische aus. Und aufs Symbolische auch nicht. Im

Gegenteil: Eine Katze war eine Katze und eine schlafende Katze war eine schlafende Katze.

Was aber nichts daran änderte, dass die Schlafhaltung vieler Tiere sich oftmals der Kreisform annäherte. Und dass diese Geometrie des Lebendigen eine besondere Faszination auf ihn ausübte. Und nicht nur auf ihn. Man denke nur an die vielen schlafenden Tiere, die beispielsweise Franz Marc gemalt hatte. Er hätte jetzt einen ganzen Katalog von Kunstwerken aus allen Zeiten und Kulturen aufzählen können, die schlafende und sich der Kreisform annähernde Tiere zeigten. Der Kreis war eben etwas sehr Vollkommenes. Das war der ästhetische und auch mythologische Aspekt. Daneben aber gab es noch den entwicklungspsychologischen. Der Mensch war ja auch einmal ein Kreis gewesen. Fast jedenfalls. Im Embryonalstadium. Diesem Zwischenstadium zwischen *nicht mehr* und *noch nicht*. Nicht mehr nicht existent. Und noch nicht auf der Welt. Oder so ähnlich. Er wollte sich da in nichts versteigen. Der Philosoph Ernst Bloch hatte sich damit ausgekannt. Aber den las zur Zeit niemand. Er auch nicht. Er fotografierte lieber. Nur fehlte ihm das entscheidende Foto. In Indien hatte er es nicht machen können.

Aber in der Türkei. In Istanbul. Zumindest beinahe. In Istanbul leitete er einen Workshop auf dem Jahreskongress der türkischen Deutschlehrer. Er war selbst einmal Deutschlehrer im Ausland gewesen. Vor seiner Professur. Und er war dieser Tätigkeit insofern noch verbunden, als er gelegentlich Aufsätze über Methodik und Didaktik im Bereich Deutsch als Fremdsprache schrieb. Man konnte ja nicht dauernd Hölderlin interpretieren. Man musste sich zuweilen praktischen Fragen zuwenden. Wichtiger als der Workshop war ihm allerdings die Gelegenheit, in Istanbul zu fotografieren. Istanbuler Katzen hatte er noch keine in seiner Sammlung. Und erst recht keine schlafenden Istanbuler Katzen.

Allerdings fand der Kongress Anfang März statt. War es da eigentlich noch kalt in Istanbul? Oder schon Frühling? Er wusste es nicht, kümmerte sich auch nicht darum, er würde sich überraschen lassen. Die Überraschung gelang insofern, als es während seines Aufenthalts beinahe durchweg schneite. Istanbul war weiß. Irgendwie weihnachtlich. Und von Katzen keine Spur. Die hatten sich verkrochen. Ein paar Hunde liefen in seiner Gegend um das Legacy Ottoman Hotel herum, wo er großzügigerweise untergebracht worden war. Mit Eigenbeteiligung allerdings, was er aber vollkommen in Ordnung fand. Bei den Hunden handelte es sich um auffallend wohlgenährte und freundliche Tiere. Allesamt mit einer Marke im Ohr. Vom Veterinäramt. Oder der Stadtverwaltung. Städtisch versorgte streunende Hunde womöglich. Aber es waren eben nur einige wenige. Normalerweise müssten in einer Stadt wie Istanbul viel mehr streunende Hunde herumlaufen. Wer weiß, was mit ihnen geschehen war. Er ahnte nichts Gutes. Einer der Hunde hatte sich sogar ein wenig mit ihm angefreundet und ihn einmal vom Hotel ein Stück des Weges Richtung Markt begleitet, wo er am ehesten mit Katzen rechnete. Aber auch hier waren keine Katzen zu sehen.

Schließlich hat er sie doch noch gefunden. Seine Katze. Sie gehörte offenbar zu einem Restaurant oder hatte hier ihr Revier. Das Restaurant befand sich in einer schmalen Straße, die zum Topkapi-Palast führte. Zum Restaurant gehörte eine überdachte Terrasse mit Tischen und gepolsterten Sitzbänken im orientalischen Stil. Sehr gemütlich. Im Sommer musste hier enorm viel los sein, wenn die Touristenströme sich Richtung Topkapi bewegten. Jetzt war gar nichts los. Nur eine Katze lag auf einer der Bänke und schlief. Geschützt vor dem Schnee. Aber nicht vor der Kälte. Und darum vollkommen in sich zusammengerollt. Kein sich selbst verzehrendes Tier, wie die Uroborus-Schlange. Sondern ein sich selbst erwärmendes Tier. Er wurde beinahe neidisch angesichts von so viel Fähigkeit zur Selbsterwärmung und zum Bei-sich-selbst-Sein. Die besaßen Menschen nicht. Schon gar nicht, wenn es schneite. Es war keine Frage, dass er die Katze fotografieren musste. Aber wie? Sobald er sich ihr nährte, wachte sie auf. Auch wenn er sich ihr sehr behutsam näherte. Erst bewegte sie die Ohren. Dann öffnete sie die Augen. Erst eines, dann das zweite. Schließlich hob sie den Kopf. Und wenn er endlich durch den Sucher der Kamera blickte, saß sie aufrecht auf ihrem Platz und blickte ihn an. Gegen ein Porträtfoto hatte sie offenbar nichts.

Er machte das Foto. Er machte gleich ein ganzes Dutzend, um die Katze an seine Anwesenheit und den Apparat und die Klickgeräusche zu gewöhnen. Sie ließ es sich gefallen. Sie ließ sich sogar gefallen, dass er sehr nahe an sie heranging. Nur anfassen ließ sie sich nicht, was er sofort respektierte. Leider schlief sie nicht in seiner Anwesenheit, sondern blieb solange auf ihrem Schlafplatz sitzen, bis er sich entfernte. Natürlich ging er am nächsten und auch am übernächsten Tag erneut zu dem Restaurant. Und wieder lag die Katze auf ihrem Platz in schönster Embryonalstellung und wieder konnte er sie am Ende nur im Sitzen fotografieren.

Am vierten Tag war sie nicht da. Was vielleicht am Wetter lag. Es hatte zwar aufgehört zu schneien, war aber kälter geworden. Eisluft in Istanbul statt Frühling. Dagegen waren die Schneetage regelrecht mild gewesen. Am fünften Tag, es war sein letzter, war es wieder wie vorher. Sowohl was die Temperatur und den Schnee als auch was die Katze anging. Sie schlief.

Er näherte sich. Sie erwachte und stand auf. Er machte seine Fotos. Diesmal ging er aber nicht weg, sondern setzte sich an einen der Nebentische. Im Restaurant brannte Licht, und er hörte Stimmen und das Klappern von Geschirr, aber niemand kümmerte sich um ihn. Er nahm an, dass die Katze hier ihr Futter bekam. Und es dann auf der Bank in seliger Ruhe verdaute. Irgendwann würde sie sich wieder hinlegen. Er musste nur warten. Sie kannte ihn doch schon und seinen Fotoapparat. Und seine Stimme. Er hatte von Anfang zu ihr gesprochen. Das hatten Katzen gern, wenn man mit ihnen sprach. Entsprechend freundlich natürlich. Jetzt sprach er auch wieder mit ihr. Erzählte ihr, dass sie sich nicht zu fürchten brauche. Und ruhig weiterschlafen könne. Er wolle nur ein Foto machen. Sie hörte sich das alles an, blieb weiter auf ihrem Platz sitzen und blickte ihn an. Unverwandt. Was Katzen ja sehr gut können. Dieses unverwandte Anblicken. Sie blickte ihn solange an, bis er irgendwann vor Verlegenheit den eigenen Blick senkte. Und da er den Blick schon gesenkt hatte, konnte er eigentlich auch die Augen schließen. Er war ohnehin müde. Die Tagung der türkischen Deutschlehrer hatte ihn angestrengt. Nicht weil die türkischen Deutschlehrer anstrengend oder die Themen uninteressant gewesen waren. Ganz im Gegenteil. So motivierte Deutschlehrer hatte er nicht immer erlebt, wenn er es mit Lehrern zu tun hatte. Und der Abend im Restaurant war ebenfalls vergnüglich gewesen. Hervorragende türkische Küche, nicht so hervorragender türkischer Wein, dem er aber trotzdem gerne zugesprochen hatte. Allein schon wegen der Geselligkeit. Aber auch das mochte an der Müdigkeit schuld sein, die sich seiner jetzt so sehr bemächtigte, dass er die Kamera vor sich auf den Tisch legte und einschlief.

Als er wieder aufwachte, bemerkte er als erstes, dass ihm ein Speichelfaden aus dem Mundwinkel lief. Das war kein schöner Anblick. Hoffentlich hatte ihn niemand gesehen. Er blickte sich um, aber die Straße war menschenleer wie zuvor. Als zweites sah er, dass die Katze noch immer zusammengerollt auf ihrem Platz lag und schlief. Und erst jetzt, als er daran dachte, was für ein wunderbares Foto das doch werden könnte, bemerkte er, dass die Kamera nicht mehr vor ihm lag. Dabei hatte sie doch gerade hier noch gelegen. Wie lange hatte er denn geschlafen? Ein paar Minuten vielleicht. Wenn überhaupt. Aber er war sich nicht sicher. Er hatte nicht auf die Uhr gesehen. Es hatte auch wenig Sinn, darüber nachzugrübeln. Aus dem Restaurant drangen die gleichen Geräusche wie zuvor. Aber er hatte niemanden herauskommen und auch niemanden hineingehen sehen. Er war jetzt nicht mehr müde, sondern hellwach. Und sein Herzschlag hatte sich beschleunigt. Es pochte in seiner Brust wie nach einem

Hundertmeterlauf. Er atmete ein paar mal tief durch, um sich zu beruhigen. Die Kamera war weg. Einfach weg. Seine Nikon. Oder war es eine Canon gewesen? Er war verwirrt. Er musste jetzt etwas tun. Obwohl er zugleich wusste, dass es sinnlos war, zwang er sich dazu, die Terrasse abzusuchen. Er suchte die Tische und Bänke ab, suchte unter den Tischen und Bänken. Die Kamera blieb verschwunden. Was ja auch zu erwarten war. Der Dieb wird sie nicht gestohlen haben, um sie dann unter eine der Sitzbänke zu legen. Trotzdem suchte er noch zweites Mal alles ab, und schließlich und um ganz sicher zu gehen und sich hinterher keine Vorwürfe zu machen auch noch ein drittes Mal. Natürlich vergebens. Und bei all dieser Suche, bei der er nicht besonders rücksichtsvoll war und hier eine Bank und dort einen Tisch verrückte, schlief die Katze ungestört weiter. Sie schien so tief und fest zu schlafen, wie Katzen nur schlafen können. Das Köpfchen dabei leicht zur Seite gedreht und sich selbst als Kissen benutzend. Er konnte jetzt sogar ganz nah an sie herangehen. Sich geradezu über sie beugen und das leichte Vibrieren der rosafarbenen Nase bestaunen. Was hätte er jetzt für Fotos machen können. Man sagte den Katzen ja nach, dass sie keine oder nur eine reduzierte Mimik haben. Im Unterschied zu Hunden beispielsweise. Aber das stimmte nicht. Diese Katze hatte eine Mimik. Eine beinahe heitere. Als würde sie lächeln.

Im Schlaf. Was ihn beruhigte. Und nicht nur das. Er wusste jetzt, dass er sein Foto auch ohne Fotoapparat machen konnte. Er hatte es gerade bereits gemacht. Mit dem eigenen Kopf. Und mit allen seinen Sinnen. Das war doch auch etwas. Das war doch sehr viel. Vielleicht sollte er die ganze Fotografiererei überhaupt lassen. Wofür hatte er schließlich seine Augen. Und seine Erinnerung. In gewisser Weise war es auch eine Erleichterung, dass er die Kamera los war. War es nicht geradezu eine Befreiung, sich ohne diese Umhängetasche mit den ganzen technischen Gerätschaften darin zu bewegen? Er fühlte sich besser. Und er wollte jetzt auch die Katze nicht weiter stören, die noch immer fest schlief. Er würde jetzt zurück ins Hotel gehen und ebenfalls einen Mittagsschlaf halten. Den hatte er sich verdient. Doch in dem Moment, als er sich von der Katze abwandte, hatte er das Gefühl, dass sie ihr rechtes Auge einen Spalt öffnete. Einen kurzen Augenblick nur. Eine Zehntelsekunde. Und nur einen winzigen Spalt.

## HERBERT GENZMER | Eine Bekanntschaft

Wie an jedem Wochenende ging sie auch an diesem Samstag morgen an den Pool. Es war ein perfekter, nicht zu heißer Tag mit einer leisen Brise, die Wolken über den Himmel trieb. Maria war wie immer früh dort, denn um diese Zeit hatte sie den Pool für sich. Die Invasion der Familien mit Kindern fand später statt. Maria lebte jetzt seit sieben Jahren in Singapur. Nach ihrer Scheidung hatte sie es in Deutschland nicht mehr ausgehalten. Sie wollte weg, eintauchen in eine andere Welt. Sie ergriff die erste Gelegenheit, die sich ihr bot, und nahm eine Stelle als Deutschlehrerin an einem College in Singapur an. Ihr Leben war nicht aufregend und verlief in einem Einerlei, ohne Veränderungen oder Höhepunkte, ohne jahreszeitlichen Wechsel. Ohne Männer. Aber so wollte sie es. Nur dann und wann, wie jetzt, kurz vor Weihnachten, flackerte Schwermut auf, und als sie gestern den künstlichen Schnee auf dem Bürgersteig vor dem Warenhaus in der Orchard Road gesehen hatte, mit den leicht bekleideten, als Weihnachts»männer« zurechtgemachten, chinesischen Mädchen davor, mit Bärten und roten Mützen mit weißen Bommeln auf dem Kopf, die mit ihrem entnervenden Akzent immerzu »Merry

Christmas« gerufen und dazu Glocken geschwungen hatten, hätte sie losheulen können, so einsam fühlte sie sich. Ihre Bekannten waren hier englische Kollegen und Kolleginnen und deren Frauen oder Männer. Sehr lustig, freundlich, hilfsbereit, aber letztendlich unverbindlich und distanziert. Wenn sie sich einsam fühlte, besprach Maria sich mit ihrer Perserkatze – Kitty. Doch egal, wie viel sie mit ihr sprach und wie sie sie auch verwöhnte, das Tier würde sie nie verstehen. Das wußte sie, und diese Erkenntnis stimmte sie in solchen Momenten nicht fröhlicher.

Als sie aus dem Wasser kam, sah sie den Mann. Das fehlte ihr gerade noch. Außer ihr war niemand weit und breit, aber er mußte sich ausgerechnet den Platz neben ihr aussuchen. Wütend legte sie sich auf ihre Liege und nahm ihr Buch zur Hand. Er beachtete sie nicht, las, rauchte, dennoch irritierte seine Anwesenheit sie. Sie ertappte sich dabei, wie sie zu ihm hinübersah. Er sah nicht schlecht aus. Ihre Augen trafen sich einige Male, glitten aber wieder aneinander ab.

Aus den wenigen schattenspendenden Wolken wurden schwarze Regenwolken, und nach einigen Minuten prasselte tropischer Regen nieder. Heute ein wenig früher als sonst. Meist konnte man die Uhr danach stellen. Sie schob die Unregelmäßigkeit auf die Jahreszeit. Auf dieses *Fest*. Sie nahm ihre Sachen und flüchtete unter das Schutzdach. Der Regen war ihr angenehm, er kühlte die stickig gewordene Atmosphäre und dauerte nie lange. Sie liebte es, nach dem Regen zu schwimmen, alles fühlte sich erfrischender, sauberer an, alles roch intensiver, selbst das Wasser schien kälter. Eine weitere Illusion wie die Gespräche mit Kitty und die Weihnachtsmädchen im Styroporschnee bei 35 Grad unter giftgrünen Plastikweihnachtsbäumen.

Der Mann war ebenfalls unter das Schutzdach gekommen. Er lächelte sie an. Irgendwann machte sie eine Bemerkung über das Wetter, er antwortete, aber sie verstand ihn nicht, der Regen trommelte auf das Blechdach, also rückte er näher, und sie begannen sich zu unterhalten. Er sei noch nicht lange in der Stadt, kenne niemanden, arbeite für eine Elektronikfirma. Die Irritation verflog, und sie verbrachten den Mittag gemeinsam am Pool, verabredeten sich sogar in der nächsten Woche zum Essen. Er wußte nicht, wann genau er sich freimachen konnte, weil er noch dabei war, seine Wohnung einzurichten und sich überhaupt zurechtzufinden. Maria gab ihm ihre Telefonnummer, und er verabschiedete sich mit dem Versprechen, sie in den nächsten Tagen anzurufen.

Erst später fiel ihr auf, dass sie nicht einmal seinen Namen kannte. So sind die Deutschen, dachte sie, reden und reden und stellen sich nicht mal vor.

Gegen fünf war sie zu Hause, legte sich aufs Bett, las und wartete auf den Abend. Einer der Kollegen und seine Frau hatten die anderen Lehrer zum Abendessen eingeladen. Das übliche Samstagsprogramm. Die Monotonie war beruhigend, und die Treffen verliefen an jedem Wochenende gleich. Man saß zusammen, unterhielt sich über die Schule, die einheimischen Kollegen, die Schulbehörde und über die Kinder der jeweiligen Paare und deren Schulprobleme. So war es gut. Bisweilen langweilig, aber ruhig, unkompliziert.

Tropfnaß rannte sie aus der Dusche, als ihr Handy klingelte.

– Hallo?
– Hallo, ich bins!
– Wer?
– Ich bins!
– Ich kann Sie nicht hören, es ist zu laut hier, bitte …
– Ich bins, Mike!
– Wer?
– Mike!
– Mike? Welcher Mike? Ich kenne keinen Mike!
– Ach, komm, denk mal nach!

– Ich habe keine Zeit für Rätsel! Ich muß mich beeilen!

– Ich bins, Mike, ein Freund!

– Verdammt, das ist nicht mehr lustig. Ich will wissen, wer da ist, sonst hänge ich ein!

– Sind deine Nachbarn schon lange ausgezogen? Wohnst du schon lange allein im Haus?

– Woher wissen ...? Wer ist da?

– Sprich in einem anderen Ton mit mir, Maria! Du hörst von mir!

Dann war die Leitung tot!

Sollte das ein Scherz einer ihrer Kollegen gewesen sein? Sie war verwirrt. Sie hatte die Stimme des Anrufers nicht erkennen können; das Dröhnen der Ventilatoren in ihrer Wohnung und das Rauschen des nahen Meers hatten alles übertönt, schwer genug, den Anrufer überhaupt zu verstehen. Es war kein Singapurer, den hätte sie am Akzent erkannt. Aber wer? Woher wußte er, daß die Wohnung neben ihr unbewohnt war?

Sie ging zurück ins Bad, zog sich an und schminkte sich. Wer war das? Wahrscheinlich ein Scherz, was sonst! Irgendein Schüler oder einer der Kollegen, der mit verstellter Stimme angerufen hatte. Nicht wahr, Kitty, wir kennen ja die Engländer mit ihrem sprichwörtlichen Humor!

Gegen acht verließ sie die Wohnung und nahm ein Taxi zum Haus ihrer Freunde.

Ihr Kollege Andrew und seine Frau Sara waren beunruhigt, als sie ihnen von dem Vorfall erzählte. Man dürfe das nicht auf die leichte Schulter nehmen, rief Sara, die genau so eine Weihnachtsmannmütze trug wie die chinesischen Mädchen vor dem Warenhaus, unheimlich vor allem, daß der Anrufer soviel von ihr gewußt habe. Und eins ist wahr, sagte sie, du wohnst allein in diesem einsamen Haus am Meer.

– Hat er Obszönitäten gesagt? wollte Andrew wissen.

– Nein, aber der drohende Ton seiner Stimme war beängstigend, erwiderte Maria.

Irgendwann kamen dann die anderen, und jeder hatte eine Meinung dazu. Abwechslung war in die Routine des Samstagabends gekommen, doch die Wellen glätteten sich, man ging zum Abendessen über und glitt in die üblichen Gespräche über die Schule, die Vorgesetzten und die Kollegen.

Irgendwann fragte Sara, ob sie in der letzten Zeit jemandem ihre Telefonnummer geben hatte. Maria schlug sich mit der Hand gegen die Stirn: Aber natürlich! Wie konnte ich das vergessen? Der Mann am Pool! Dem habe ich noch am Mittag meine Nummer gegeben. Sie dachte eine Weile nach: Aber der war nicht der Typ für solche Sachen, sagte sie. Aber sie sagte es zögernd, denn tatsächlich hatte sie ihm erzählt, daß ihre Nachbarn vor kurzer Zeit ausgezogen waren.

Die anderen waren sich sofort einig: Das war der mysteriöse Anrufer. Wer sonst? Wie dumm von ihr, einem Fremden ihre Telefonnummer zu geben.

Saras Angebot, über Nacht zu bleiben, schlug Maria aus. Irgendwann muß ich ja doch wieder nach Hause, lächelte sie. Außerdem wartet Kitty. Wer soll sich sonst um sie kümmern.

Es war gegen Mitternacht, als sie ihre Wohnung betrat. Sie verschloß die Tür, legte die Kette vor und schlief ohne Probleme ein.

Den Sonntag verbrachte sie wie immer mit den Kollegen am Pool, dann am Montagmorgen wieder die Schulroutine, aber diesmal war es eine kurze Woche, am Donnerstag begannen die Weihnachtsferien. Nichts Beunruhigendes ereignete sich. Am Donnerstagabend, sie machte sich gerade fertig, um ins Kino zu gehen, klingelte das Handy. Bestimmt Sara, mit der sie sich verabredet hatte und die sich wie üblich verspäten würde, weil die Kinder noch nicht schliefen.

– Hallo?

– Hallo, ich bins!

– Bist du das Andrew?

– Ich bins!

– Ich verstehe nichts!

– Steve, ich bins Steve!

– Steve? Welcher Steve?

– Wie kennen uns aus München.

– Aus *München*?

– Ja, erinnerst du dich nicht? Denk mal nach!

– Ich kann jetzt nicht nachdenken! Ich bin in Eile!

– Warum nimmst du dir keine Zeit für einen alten Freund?

– Ich weiß nicht, wer da ist. Lassen Sie mich in Ruhe!

– Aber ich sage doch, ich bin ein Freund! Was trägst du gerade?

– Sind Sie verrückt geworden? Ich …

– Schön, wenn du dich erregst, das mag ich, das erregt *mich*. Ich würde dich jetzt gern …

– Ich … wer immer das ist, wagen Sie nie mehr hier anzu …

– Maria, sagte die Stimme jetzt drohend und verlor alles Einschmeichelnde, wir sehen uns bald. Freu dich drauf!

Die Leitung war tot.

Jetzt hatte Maria Angst.

– Warum hast du dich überhaupt auf ein Gespräch eingelassen? Das nächste Mal legst du sofort auf! schalt Sara sie nach dem Film.

Wie er das gemeint habe, er werde sie bald sehen?

– Ob wir die Polizei einschalten sollten? fragte Andrew.

– Hör mir auf mit der Polizei, winkte Maria ab.

Schließlich schlug Andrew vor, Maria solle sich mit dem Anrufer verabreden, wenn er wieder anriefe. Ihn am besten gleich zu sich einladen. Man würde dann alles arrangieren. Andrew und die anderen Kollegen wären schon da und würden sich um ihn kümmern. Der wird sein blaues Wunder erleben! versicherte Andrew.

– Ja, so wirds gemacht! Nur so können wir ihm das Handwerk legen. Und heute bleibst du bei uns! entschied Sara. Und über die Weihnachtstage auch.

– Auf keinen Fall, protestierte Maria. Heute ja, aber Weihnachten nicht. Ich ertrage keine Weihnachtsbäume.

Als sie am Freitagabend in ihre Wohnung zurückkehrte, verschloß sie die Tür, schob die Kette vor und wagte kaum sich zu bewegen, aus Angst, ein Geräusch zu verursachen. Sie wollte alles hören und fuhr beim kleinsten Laut zusammen. Selbst als Kitty sie umstrich und anklagend miaute, weil sie sich vernachlässigt fühlte, erschrak sie. Der Abend war laut: das Meer, der Wind, die Gheckos und Grillen und Insekten und Frösche der tropischen Nacht, das Schwirren der Ventilatoren.

Beim Klingeln des Telefons blieb ihr fast das Herz stehen. Es war Andrew, der sich nach ihr erkundigte.

Sie hatte eine Beruhigungstablette genommen und sagte, sie wolle bald zu Bett gehen.

Sie stand mit einem Glas Wasser in der Hand in der Küche, als sie das Handy erneut aus ihrer beginnenden Schläfrigkeit riß. Wasser schwappte auf den Boden. Mit einem Sprung wich Kitty aus und fast wäre sie über das dumme Tier gestolpert, sie stand genau zwischen ihren Beinen. Zögernd ergriff sie das Handy, drückte zitternd die Antworttaste.

– Hallo?

– Hallo, ich bins!

Ihr Daumen drückte den Anruf weg. Das ertrage ich nicht, dachte sie.

Wieder erklang die entnervende Melodie.

– Hallo, wir sind gerade unterbrochen worden, ich bins.

– Wer ... Ihre Stimme versagte, als sie fragte: Wer spricht bitte?

– Ich bins, Karl!

– Karl?

– Kurzes Gedächtnis! Karl, wir haben uns am letzten Samstag kennengelernt, am Pool.

– Ah ja! Hast du schon mal angerufen?

– Ich hatte noch keine Zeit. Die Wohnung ... der Job ...

– ... aber jetzt hast du Zeit? unterbrach sie ihn.

– Ja, und möchte dich sehen. Können wir uns treffen?

– Es ist spät ...

– Spät? Komm, es ist noch nicht mal acht. Ich möchte dich gern wiedersehen.

– Ich möchte nicht mehr ausgehen, dann muß ich mich wieder anziehen. Sie biß sich auf die Unterlippe, das hätte sie nicht sagen dürfen ...

– Bleib wie du bist! lachte der Anrufer: Wie wär's, ich komme zu dir!

– *Zu mir?* Der Mut verließ sie. Der Plan war falsch!

– Bist du noch da? Ich kann in einer viertel Stunde da sein.

– In einer *viertel Stunde* schon? Lass' mir etwas mehr Zeit ...

– Ok.

– In einer viertel Stunde schon, wiederholte Maria wie zu sich selbst.

– Ja, ich bin näher als du denkst. Bis gleich ...

– Warte, schrie sie noch, aber die Leitung war tot.

Kraftlos sank Maria in einen Sessel. Das ist ein Fehler, sagte sie zur Katze, die auf ihren Schoß gesprungen war. Kitty, ein Fehler! Verstehst du! Das hätte ich nie zulassen dürfen. Was sollen wir tun? Die Katze sprang miauend zu Boden, stellte den Schwanz auf und trabte in die Küche.

Näher als ich denke ... Wie nah ist das?

Sie schreckte aus ihren Überlegungen, die Tablette machte ihre Gedanken zähflüssig, ihre ganze Welt war wie in Watte gepackt. Keine Zeit verschwenden, mahnte sie sich, und drückte mit fliegenden Fingern Andrews Nummer. Eine Ewigkeit verging, bis jemand abnahm. Es war eins der Kinder, es alberte herum, wollte plaudern und weigerte sich, den Vater zu rufen. Zeit verstrich, bis Andrew endlich am Telefon war. Sara und Andrew lebten am anderen Ende der Stadt, fast vierzig Minuten entfernt. Aber Andrew versprach, sofort loszufahren und noch einen Kollegen zu holen.

Wie schlafwandlerisch erhob Maria sich aus dem Sessel und kämpfte gegen den Widerstand der Tablette an, gegen ihre Furcht, die sie lähmte. Keine Zeit verlieren! mahnte sie sich. Er ist näher, als ich denke. Ich muß ihn hinhalten, wenn er kommt. Hinhalten! Abhalten! Abhalten *wovon*? Sie zitterte, rannte in die Küche, schenkte sich einen Cognac ein, kippte ihn in einem Zug hinunter und verzog das Gesicht. Irgendwo hatte sie gelesen, Alkohol könne die sedierende Wirkung von Beruhigungstabletten ins Gegenteil kehren. Wahrscheinlich Unsinn, sagte sie zu Kitty, aber wer weiß! Da sah sie ihr Spiegelbild in der großen Terrassentür. Sie hatte nur einen losen Sarong um ihren Körper geschlungen. Sie eilte ins Schlafzimmer und zog sich an. Noch während sie mit fahrigen Fingern

Knöpfe und Reißverschlüsse schloß, erscholl die Türklingel.

Mit angstweiten Augen näherte sie sich der Tür. Durch die Milchglasscheibe sah sie einen verschwommenen grünen Klecks. Kitty wich nicht von ihrer Seite. Bebend stand sie hinter der Tür. Kitty strich um ihre Beine.

Es klingelte wieder.

Langsam schob sie die Kette beiseite, drehte das Sicherheitsschloß, faßte den Türgriff, wollte die Tür aufziehen, aber er drückte schon von außen dagegen, stand vor ihr, lächelte und hielt ihr eine ausgestreckte Hand entgegen, die andere hinter seinem Rücken verborgen. Auf dem Kopf trug er eine dieser lächerlichen Weihnachtsmützen. Zögernd gab sie ihm die Hand und wollte sie gleich wieder zurückziehen, aber er hielt sie fest, lachte. Fast wäre sie wieder über Kitty gestolpert. Da ging er schon an ihr vorbei in die Diele, noch immer ihre Hand haltend, redete irgend etwas, das sie nicht verstand, und zog plötzlich mit einem Ruck die andere Hand hinter dem Rücken vor, sie wollte schreien, schlug die Hand vor den Mund. Er reichte ihr ein in Weihnachtspapier eingeschlagenes Päckchen, auf dem er noch eine weitere dieser Mützen mit dem Daumen festhielt. Sie verstand nichts, sah, wie sich seine Lippen bewegten, aber nahm nur das Rauschen des Meeres, das Dröhnen der Ventilatoren, das Rasen der

Nacht und ihres Herzens wahr. Dann ließ er sie endlich los, kam aber ganz nah an ihr Gesicht und rief: »Fröhliche Weihnachten!« Er hatte getrunken, das roch sie deutlich. Dann bückte er sich, um Kitty zu streicheln, die ihm aber geschickt auswich und kokett den Korridor entlang stelzte. Er richtete sich auf und ging zum Sofa. Setzte sich. Redete unablässig. Lächelte. Redete. Lachte.

Maria hielt das Päckchen in der Hand, wußte nicht, was sie damit tun sollte, schaute es an, hielt diese Mütze in der anderen Hand, versuchte ein Lächeln, das ihr nicht gelang, er gestikulierte, sie solle sich die Mütze aufsetzen.Zögernd legte sie das Päckchen ab, nahm die Mütze und setzte sie auf. Er klatschte in die Hände und rief: Na also!

Maria schaute auf ihre Uhr.

– Erwartest du noch jemanden?

Sie verneinte so vehement, daß er sie irritiert ansah.

– Dann sind wir also allein heute abend!

Noch bevor sie reagieren konnte, fuhr er fort: Ist dir eigentlich nicht heiß mit all den Sachen?

Sie lächelte nur und ging auf und ab.

Sie mußte sich bewegen, stillsitzen war unmöglich. Was er trinken wolle, fragte sie statt einer Antwort.

– Gin Tonic! Aber fehlt nichts?

– Was! sagte sie so laut, daß er sie wieder mit hochgezogener Braue anschaute.

– Dein Weihnachtsgeschenk! Na …? Er nickte ihr aufmunternd zu.

Maria riß das Päckchen auf, ließ das Papier zu Boden fallen und öffnete die Schachtel. Eingeschlagen in rotes Seidenpapier fand sie ein burgunderrotes, zu einer Kugel zusammengerolltes und von einem indischen Muster zart durchwirktes Seidentuch. Sie blickte ihn an.

– Na?

– Danke, murmelte sie, das ist …

– Gefällt es dir? Nur eine Kleinigkeit, ich dachte … weil du sagtest, Rot sei deine Lieblingsfarbe. Die Farbe des Blutes.

– Es ist wunderschön. Sie atmete tief ein und aus. Ich muß jetzt zur Ruhe kommen, sagte sie sich. Einen kühlen Kopf bewahren. Außerdem schien er nicht aggressiv zu sein. Jedenfalls noch nicht.

– Lass' sehen, ob es dir steht, ermutigte er sie nickend.

Zögernd rollte sie das Tuch aus und legte es sich um die Schultern. Er war aufgestanden und faßte einen Zipfel, warf ihn ihr um den Hals und zog das Tuch leicht zusammen.

Maria wurde steif, als sie spürte, wie das Tuch sich um ihren Hals zog, bewegte sich rückwärts weg und schaute ihn aus verängstigten Augen an.

– Entschuldige, sagte er und sah zu Boden. Ich wollte nur …

Maria räusperte sich: Es ist gut. Ja, es ist gut. Was möchtest du trinken? Und lachte viel zu laut, als sie das fragte und sich das Tuch vom Hals löste.

– Gin Tonic, bitte, wenn ...

– Gute Wahl! Kommt sofort. Nimm doch Platz.

Als sie in die Küche ging, zog sie das Tuch von ihren Schultern und legte es auf den Eßtisch. Sie nahm Zitronen und eine Flasche Tonic aus dem Kühlschrank, stellte zwei große Gläser bereit, gab Eis hinein und begann die Zitronen in Scheiben zu schneiden. Messer! Ob sie es bei sich haben sollte? Aber war das nicht eher eine Aufforderung, wenn er es entdeckte?

Sie verschüttete den Inhalt, als sie die Gläser mit leise klirrenden Eiswürfeln auf den Sofatisch stellte.

Er hatte inzwischen eine CD eingelegt, und die Musik mischte sich mit dem Donnern der Brandung, den Ventilatoren, dem Wind, der Nacht, ihrem Herzen. Sie hörte nicht, was er sagte, nickte nur, antwortete einsilbig, lächelte verkrampft, wenn sie es für passend hielt. Das Gespräch ging schleppend.

Er war jetzt seit fast einer halben Stunde da. Die anderen mußten jeden Moment kommen. Viel länger konnte sie die Anspannung nicht mehr ertragen. Er streckte eine Hand nach ihr aus. Im Reflex schlug sie danach. Hörte nichts von dem, was er sagte. Sah nur in sein lachendes, gespielt empörtes Gesicht!

Was, wenn Andrew eine Panne hatte? Oder einen Unfall? Sie mußte sich zusammenreißen, einen klaren Kopf bewahren. Sie nahm nur einzelne Fetzen dessen wahr, was er sagte.

Waren das Anzüglichkeiten? Oder war das alles Einbildung?

Aber nein, schrie es in ihr, er hat mich bedroht! Und ihr wurde klar, wie gefährlich die Situation, wie ausgeliefert sie war, wie dumm, sich darauf eingelassen zu haben.

Wieder spürte sie die alles dämpfende Wirkung der Tablette. Nur ihre Panik hielt sie wach.

Wieder streckte er seine Hand nach ihr aus. Siedendheiß fühlte sie sie auf ihrem Arm. Es verschwamm ihr vor den Augen. Ihr Atem ging zu schnell.

Abrupt stand sie auf. Schwankte leise.

– Gin Tonic?

– Gern! Sie merkte, wie er sie ansah, fühlte seine Blicke, die sich in ihren Rücken bohrten, als sie zur Küche ging. Bei dem Blick auf die Uhr sah sie, daß ihre Freunde überfällig waren.

Beide Hände aufgestützt stand sie an der Anrichte neben dem Kühlschrank. Das Meer brüllte mit jeder Welle, die auf das Ufer schlug, die Ventilatoren ratterten, der Wind heulte, dazu bruchstückhaft die Musik aus dem Nachbarraum.

Was machte er jetzt da drüben?

Sie füllte die Gläser mit Eis aus dem Gefrierfach, und das zirrende Geräusch beim Springen des Eises, als sie den Gin darüber goß, ließ sie erstarren. Sie öffnete eine Flasche Tonic und verteilte den Inhalt auf beide Gläser. Nahm wie schlafwandlerisch zwei neue Zitronen aus dem Kühlschrank, legte sie auf das Brett, halbierte die eine und preßte je eine Hälfte in jedes Glas. Kitty strich um ihre Beine, sie war nicht bei ihm geblieben, dachte Maria, Tiere fühlen Gefahr. Sie spürte, wie die Katze sich von ihre löste und nahm das Messer wieder und begann die andere Zitrone in dünne Scheiben zu schneiden. Mechanisch warf sie die Scheiben in die Gläser. Nahm noch eine Zitrone und schnitt weitere Scheiben ab – Zeit schinden. Sie hörte ihn nicht, als er in die Küche trat. Fühlte nur plötzlich den Stoß seiner Hand an der Schulter. Mit dem Messer in der Hand fuhr sie herum, sah nur sein grünes Hemd, fühlte nichts und stach aus der Drehung heraus. Farben tanzten ihr vor den Augen. Das grüne Hemd. Die rote Mütze. Sein verzerrtes, erstauntes Gesicht, das entsetzliche Weiß in seinen Augen. Seine verbogene Haltung. Hörte den Schrei nicht, nicht seinen, nicht ihren, nicht den der Katze, über die er gestolpert und dann gegen sie gestrauchelt war und die jetzt beleidigt weglief. In seiner verbogenen Haltung verharrend sah er sie mit weit aufgerissenen Augen an, blickte auf das große Messer in ihrer zitternden Hand, das seinen Körper nur um Millimeter verfehlt hatte. Dann sah sie, wie er sich entspannte und aufrichtete, spürte, wie seine Hand ihre Faust mit dem Messer darin vorsichtig von sich wegschob, hörte ihn deutlich, obwohl er sehr leise sprach: Maria, das hätte ins Auge gehen können!

– Ja, stammelte sie und ließ das metallene Sushimesser klirrend zu Boden fallen, dann taumelte sie rückwärts aus der Küche und kauerte sich mit angezogenen Beinen auf einen Sessel. Er folgte ihr und lehnte sich, Kitty im Arm haltend und ihren Kopf mit der anderen Hand streichelnd, gegen den Türrahmen und schaute sie an. Da schrillte das Telefon neben ihr und wie eine Ertrinkende griff sie danach und schrie: Andrew!

– Hallo, ich bins, Maria!

## Autorenverzeichnis und Quellennachweise

DETLEF BLUHM, 1954 in Berlin geboren, studierte Religionspädagogik und Theologie, landete beruflich aber im Buch- und Verlagswesen, seit 1992 Geschäftsführer des Börsenvereins des Deutschen Buchhandels zu Berlin. Autor diverser Bücher, u. a. zur Kulturgeschichte der Katze. Zuletzt erschien *Kater Paul – Das Facebook-Tagebuch*.

»Bruder Medardus«, S. 83. Originalbeitrag. © Detlef Bluhm. Abdruck mit freundlicher Genehmigung des Autors.

PAULINE DE BOK, 1956 im Osten der Niederlande geboren, studierte Theologie, Philosophie und Germanistik, lebt als freie Autorin und Übersetzerin in Amsterdam und Mecklenburg. Im insel taschenbuch liegt von ihr vor: *Blankow oder Das Verlangen nach Heimat* (2011) in einer Übersetzung von Waltraud Hüsmert. Zurzeit arbeitet sie an einem Roman, der im Wendland spielt.

»Poespoespoes«, S. 112. Originalbeitrag. Aus dem Niederländischen übersetzt von Waltraud Hüsmert. © Pauline de Bok. Abdruck mit freundlicher Genehmigung der Autorin.

BARBARA BRONNEN, in Berlin geboren, lebt in München. Von ihr erschienen zuletzt im Insel Verlag die Bücher *Toskana* (2011) und *Meine Väter* (2012).

»Scheidung«, S. 41. Originalbeitrag. © Barbara Bronnen. Abdruck mit freundlicher Genehmigung der Autorin.

NINA BUSSMANN, geboren 1980 in Frankfurt am Main, studierte Komparatistik und Philosophie in Berlin. 2012 Literaturstipendiatin im Herrenhaus Edenkoben und im Hotel Der Seehof (Goldegg im Pongau). Ihr erster Roman *Große Ferien* ist 2012 im Suhrkamp Verlag erschienen.

»Zum Stillen der Jagdbedürfnisse«, S. 21. Originalbeitrag. © Nina Bußmann. Abdruck mit freundlicher Genehmigung der Autorin.

EVA DEMSKI, geboren 1944 in Regensburg, lebt in Frankfurt am Main. Ihr literarisches Werk wurde vielfach ausgezeichnet. 2008 erhielt Eva Demski den Preis der Frankfurter Anthologie. Im Insel Verlag erschien zuletzt *Rund wie die Erde*. Kulinarische Geschichten (2012).

»Hugos letzter Winter«, S. 9. Originalbeitrag. © Eva Demski. Abdruck mit freundlicher Genehmigung der Autorin.

KARSTEN FLOHR, 1950 in Hamburg geboren, war vier Jahrzehnte lang Redakteur bei verschiedenen Zeitungen und Zeitschriften, u. a. Chefredakteur von *Vital*, *TV Today* und *Woman*. Seit 1995 arbeitet er als freier Autor. Sein erster Roman *Zeiten der Hoffnung* erschien 2012 im Insel Verlag.

»Felicitas«, S. 52. Originalbeitrag. © Karsten Flohr. Abdruck mit freundlicher Genehmigung des Autors.

HERBERT GENZMER, geboren 1952 in Krefeld, lebt als Gastprofessor in Georgetown, Texas. Er schreibt Romane, Kurzgeschichten, Sach- und Reisebücher. Im Insel Verlag erschien zuletzt sein Band *Dalís Katalonien*.

»Eine Bekanntschaft«, S. 144. Originalbeitrag. © Herbert Genzmer. Abdruck mit freundlicher Genehmigung des Autors.

SARAH MONDEGRIN lebt in Berlin. Nach dem Studium arbeitete sie bei der Stiftung für FrauenLiteraturForschung in Bremen, danach in einem Frauenhotel in Wales. Mitte der neunziger Jahre sammelte sie wertvolle Erfahrungen in einem Hundesalon in San Francisco. Seit einigen Jahren leitet sie Kurse für Kreatives Schreiben.

»Pelzgesicht«, S. 13. Aus: Christoph Klimke / Sarah Mondegrin, *Nicht ohne meine Pfoten! Katzen, Hunde, Lesben, Schwule*. © Querverlag GmbH, Berlin 2011.

ERIKA PLUHAR, 1939 in Wien geboren, war nach ihrer Ausbildung am Max-Reinhardt-Seminar lange Jahre Schauspielerin am Burgtheater Wien und als Sängerin tätig. Bislang veröffentlichte sie mehrere Romane, Gedicht-, Lieder und Erzählungsbände. 2009 erhielt sie den Ehrenpreis des österreichischen Buchhandels für Toleranz in Denken und Handeln. Im insel taschenbuch liegt ihr Roman *Spätes Tagebuch* (2011) vor.

»Es gab nur eine Katze in meinem Leben«, S. 38. Aus: *33 Arten, eine Katze zu lieben.* Literarisches Schnurren eingesammelt von Ruth Rybarski. 2007 Residenz Verlag im Niederösterreichischen Pressehaus Druck- und Verlagsgesellschaft mbH St. Pölten – Salzburg. © Erika Pluhar. Abdruck mit freundlicher Genehmigung der Autorin.

ILKE S. PRICK, Studium der Psychologie und mehrere Jahre Tätigkeit im psychosozialen Bereich, ist freiberufliche Journalistin. Sie schreibt Kolumnen für die *taz*, hat mehrere Jugendbücher im Thienemann Verlag veröffentlicht und betreibt den erfolgreichen Blog *Nachrichten vom Küchenschrank*. 2013 wird im Insel Verlag ihr Roman *Essen mit Freunden* erscheinen.

»O Katzenbaum«, S. 78. Aus: *24 Geschichten für die Weihnachtszeit.* Herausgegeben von Diana Steinbrede. © Boje Verlag in der Bastei Lübbe GmbH & Co. KG © 2011 by Bastei Lübbe GmbH & Co. KG, Köln.

HANS-ULRICH TREICHEL, 1952 in Versmold/Westfalen geboren, ist Lyriker, Essayist, Romancier, Literaturwissenschaftler und seit 1995 Professor am Deutschen Literaturinstitut der Universität Leipzig. Zuletzt erschien von ihm im Insel Verlag *Endlich Berliner!* (2011).

»Schlafen in Istanbul«, S. 127. Originalbeitrag. © Hans-Ulrich Treichel. Abdruck mit freundlicher Genehmigung des Autors.

**Die schönsten Weihnachtsgeschichten.** Ausgewählt von Gesine Dammel. Gebundene Sonderausgabe. it 3229. 114 Seiten

**Die schönsten Weihnachtsgeschichten.** Ausgewählt von Gesine Dammel. it 4066. 126 Seiten

**Die schönsten Weihnachtsgeschichten zum Vorlesen.** Ausgewählt von Gesine Dammel. it 4180. 180 Seiten

**Die schönsten Weihnachtslieder.** Ausgewählt von Wolfgang Schneider. Gebundene Sonderausgabe. it 3231. 127 Seiten

**Die schönsten Weihnachtsmärchen.** Ausgewählt von Gesine Dammel. Gebundene Sonderausgabe. it 3230. 117 Seiten

**Fröhlicher Advent**. Geschichten, Gedichte und Rezepte. Ausgewählt von Gesine Dammel. it 3459. 191 Seiten

**Geschichten vom Nikolaus.** Gesammelt von Felix Karlinger. it 1769. 146 Seiten

**Hermann Hesse.** In Weihnachtszeiten. Betrachtungen, Gedichte und Aquarelle des Verfassers. Ausgewählt und mit einem Nachwort von Volker Michels. it 2418. 118 Seiten

**Hermann Hesse.** Weihnachten. Betrachtungen und Gedichte zur Winter- und Weihnachtszeit. Ausgewählt und mit einem Nachwort versehen von Volker Michels. it 3302. 106 Seiten

**Hermann Hesse.** Winter. Ausgewählt von Ulrike Anders. it 4193. 118 Seiten

**E. T. A. Hoffmann.** Die Abenteuer der Silvester-Nacht. Mit farbigen Illustrationen von Monika Wurmdobler. it 798. 80 Seiten

**Marie Luise Kaschnitz.** Weihnachten. Gedichte und Geschichten von der Heiligen Nacht und vom Winter. Ausgewählt von Iris Schnebel-Kaschnitz und Wolfgang Schneider. it 3305. 124 Seiten

NF 144/2/7.12

**Katzen im Schnee.** Ausgewählt von Gesine Dammel. it 4063. 132 Seiten

**Märchen zur Weihnacht.** Ein Hausbuch für groß und klein. Ausgewählt von Franz-Heinrich Hackel. it 1649. 292 Seiten

**Merry Christmas!** Die schönsten Weihnachtsgeschichten aus England. Ausgewählt und übersetzt von Ria und Günther Blaicher. it 3301. 255 Seiten

**Alexandros Papadiamantis.** Die Heilige Nacht auf dem Berg. Eine Weihnachtsgeschichte. Aus dem Griechischen von Andrea Schellinger. Mit einem Nachwort von Danae Coulmas. it 2419. 94 Seiten

**Jean Paul.** Die wunderbare Gesellschaft in der Neujahrsnacht. Erzählungen. Ausgewählt und mit einem Nachwort versehen von Hermann Hesse. it 2262. 139 Seiten

**Rainer Maria Rilke.** Weihnachten. Briefe, Gedichte und die Erzählung »Das Christkind«. Ausgewählt und mit einem Nachwort von Hella Sieber-Rilke. it 2865. 114 Seiten

**Rainer Maria Rilke.** Weihnachten. Briefe, Gedichte und die Erzählung »Das Christkind«. Ausgewählt und mit einem Nachwort von Hella Sieber-Rilke. it 3303. 114 Seiten

**Rainer Maria Rilke.** Winter. Ausgewählt und mit einem Nachwort von Thilo von Pape. it 4192. 123 Seiten

**Joachim Ringelnatz.** Weihnachten. Ausgewählt und mit einem Nachwort von Ute Maack. it 3304. 95 Seiten

**Schlaf in tödlicher Ruh.** Weihnachtliche Kriminalgeschichten. Ausgewählt von Carolin Bunk und Hans Sarkowicz. it 3382. 177 Seiten

**Theodor Storm.** Knecht Ruprecht. Mit einem Nachwort von Nadja Enzmann und Karl Kröhnke. Illustriert von Rolf Köhler. it 2261. 55 Seiten

NF 144/3/7.12

**Theodor Storm.** Unter dem Tannenbaum. Geschichten und Gedichte. Herausgegeben von Gottfried Honnefelder. Mit den Illustrationen der Erstausgabe von Otto Speckter und Ludwig Pietsch. it 1042. 163 Seiten

**Robert Walser.** Der Schnee fällt nicht hinauf. 33 Gedichte. Ausgewählt und kommentiert von Urs Allemann. it 3449. 107 Seiten

**Robert Walser.** Tiefer Winter. Geschichten von der Weihnacht und vom Schneien. Herausgegeben und mit einem Nachwort von Margit Gigerl, Livia Knüsel und Reto Sorg. it 3326. 167 Seiten

**Weihnachten der Elche.** Ausgewählt von Inka Hagen. it 3635. 170 Seiten

**Weihnachten für Gestreßte.** Ausgewählt von Peter Wenzel. it 3638. 125 Seiten

**Weihnachten für Kinder.** Mit Geschichten, Gedichten und Bildern. Ausgewählt von Elisabeth Borchers. it 156. 287 Seiten

**Weihnachten in der Badewanne.** Ausgewählt von Mia Mürren. it 4181. 170 Seiten

**Weihnachten mit Hermann Hesse.** Ausgewählt von Volker Michels. it 3640. 109 Seiten

**Weihnachten mit Hund.** Ausgewählt von Eva Demski. it 3460. 108 Seiten

**Weihnachten mit Hund.** Neue Geschichten. Ausgewählt von Gesine Dammel. it 3637. 155 Seiten

**Weihnachten mit Joachim Ringelnatz.** Ausgewählt von Ute Maack. it 3642. 101 Seiten

**Weihnachten mit Katze.** Ausgewählt von Gesine Dammel. it 3461. 101 Seiten

**Weihnachten mit Katze.** Neue Geschichten. Ausgewählt von Mario Leis. it 3636. 155 Seiten

NF 144/4/7.12

**Weihnachten mit Christian Morgenstern**. Ausgewählt von Ute Maack. it 3639. 111 Seiten

**Weihnachten mit Rainer Maria Rilke.** Ausgewählt von Hella Sieber-Rilke. it 3641. 116 Seiten

**Weihnachten ohne Gans.** Ausgewählt von Peter Wenzel. it 4064. 140 Seiten

**Weihnachtsgedichte und Weihnachtslieder für Kinder.** Ausgewählt von Sabina Berchtold. Mit Illustrationen von Claudia Weikert. it 3441. 159 Seiten

**Weihnachtskatzen.** Ausgewählt von Gesine Dammel. it 4179. 168 Seiten

**Welch ein Fest.** Ausgewählt von Gilda Donata und Hubert Selig. it 4065. 278 Seiten

**Winterfreuden.** Ausgewählt von Susanne Gretter. it 3446. 197 Seiten

**Wundersame Geschichten von Engeln.** Gesammelt und übertragen von Felix Karlinger. it 1226. 134 Seiten

NF 144/5/7.12

NF 125/1/2.12

NF 125/2/2.12

**Das Nibelungenlied.** it 4528. 262 Seiten

**Friedrich Nietzsche.** Also sprach Zarathustra. it 4511. 330 Seiten

**Edgar Allan Poe.** Horrorgeschichten. it 4531. 200 Seiten

**Rainer Maria Rilke.** Die Aufzeichnungen des Malte Laurids Brigge. it 4529. 218 Seiten

**Friedrich Schiller.** Gedichte und Balladen. it 4512. 280 Seiten

**Arthur Schnitzler.** Traumnovelle / Fräulein Else / Leutnant Gustl. it 4521. 260 Seiten

**Gustav Schwab.** Sagen des klassischen Altertums. it 4513. 1010 Seiten

**William Shakespeare.** Hamlet. it 4514. 269 Seiten

**Bram Stoker.** Dracula. it 4515. 540 Seiten

**Theodor Storm.** Der Schimmelreiter. it 4516. 125 Seiten

**Lew Tolstoj.** Anna Karenina. it 4526. 1204 Seiten

**Lew Tolstoj.** Die Kreutzersonate. it 4517. 175 Seiten

**Kurt Tucholsky.** Rheinsberg / Schloß Gripsholm. it 4518. 211 Seiten

NF 125/3/2.12